Die Ballade vom
vakuumverpackten Hähnchen

Lucie Rico

Die Ballade vom *vakuumverpackten* Hähnchen

Aus dem Französischen von
Milena Adam

Matthes & Seitz Berlin

I

Mitten auf der Wiese trampelt Théodore den Rasen nieder, malträtiert den Boden mit konzentrischen Trippelschritten. Sobald er einen perfekten Kreis gezogen hat, hält er inne und fängt gleich wieder von vorne an: Der Rücken krümmt sich, der Kopf senkt sich, und los geht es. Manchmal liegt ein Stein im Weg und bringt ihn von seiner Bahn ab. Der Regen macht ihm nichts aus, er nimmt ihn hin wie eine neutrale Größe.

Heute muss Hannah ihn schlachten. So steht es in ihrem Kalender. Das hat sie ihrer Mutter am letzten Tag versprochen. Trotz ausgetrocknetem Mund sprach die Alte in vollständigen Sätzen: »Théodore sollte geschlachtet werden. Der Einäugige. Ich möchte, dass du dich darum kümmerst.« Es war nicht der richtige Zeitpunkt für Widerworte, und Hannah hatte nur brav genickt. Damals dachte sie noch, dass sie es einfach nicht machen würde. Dass es nach dem Tod der Mutter nicht mehr darauf ankäme, dass sie zurück zu Louis in die Stadt fahren, er sie über die Trauer hinwegtrösten und ihr Großstadtleben weitergehen würde wie zuvor. Sie hatte ein beliebiges Datum ausgewählt und in den Kalender eingetragen: »Théodore schlachten«, und dahinter in Klammern: »einäugig«. Dann hatte sie nicht mehr daran gedacht. Bis zu besagtem Tag.

Hannah kann keine Hühner mehr schlachten, sie kann sie nicht einmal mehr essen. Schon seit zwanzig Jahren nimmt sie kein Fleisch mehr in den Mund. Beim letzten Mal war sie sechzehn. An ihrem Geburtstag, sie hat gerade das vom Betrieb nebenan gekaufte Steak aufgegessen und raucht draußen auf der Wiese stolz ihre erste Zigarette, inhaliert zu tief und unterdrückt das Husten. Ihr Onkel hat ihr die Schachtel hingehalten. Die Hühner hüpfen munter um sie herum, die Sonne scheint. Die Mutter kommt aus dem Bauernhaus, die Tür fällt hinter ihr ins Schloss, ihre Beine sind krumm und sie ist sichtlich wütend, vielleicht wegen der Zigarette. Hannah denkt: Gleich fang ich mir eine. Die Mutter schlägt oft grundlos zu. Doch die Alte hat es nicht auf sie abgesehen. Den Blick auf ihre Tochter geheftet, packt sie wie zufällig einen jungen Hahn an den Läufen, bückt sich kaum, um nach ihm zu greifen, und dreht ihm den Hals um. Hannah hört das unerbittliche Geräusch: »Tschuck«. Das ist doch absurd, denkt sie in dem Moment, nach einem so schönen Essen ein Huhn zu schlachten, noch vor dem Kaffee. Dann begreift sie, dass ihre Mutter Charles in der Hand hält, den toten Charles. Hannah liebt Charles. Sie spielt oft mit ihm, verrät ihm ihre Geheimnisse. Er ist ihr tierischer Doppelgänger. Die Mutter klatscht ihn auf den Baumstumpf, der als Hauklotz dient, und lässt die Klinge niedersausen. Blut spritzt. Während der gesamten Hinrichtung lässt sie Hannah nicht aus den Augen. Wie angewurzelt steht sie da und starrt Hannah an. Dann beginnt sie, den kopflosen Körper heftig zu schütteln.

Das Blut fließt noch, das Gras färbt sich rot, ihr Kleid ist voller Flecken. Als Charles endlich ausgeblutet ist, lässt sie den Leichnam auf den Boden fallen und geht langsam zurück ins Haus. Hannah bleibt allein vor dem Kadaver zurück. Ihre Zigarette ist ausgegangen. Die Sonne geht unter. Bei der nächsten Mahlzeit verzichtet sie aufs Fleisch. Die Mutter verschlingt weiterhin stumm Hühnerklein und Hühnerblut mit Knoblauch. Hannah ekelt sich nicht vor Fleisch – dass es in den Mündern der anderen landet, erscheint ihr logisch, es bildet die Grundlage für ihren Geruch, ihren Atem.

In der Ferne rauscht die Autobahn. Die Wolken taumeln vorüber, die Bergkette schneidet die Weite entzwei, ein Rest Schnee klebt daran. Der Stuhl knarzt. Hannah japst mit offenem Mund nach Luft. An der Wohnzimmerwand, über dem Regal mit der Hühnerfamilie aus Porzellan, blickt ihr, gestützt von zwei Haken, das alte Gewehr entgegen. In zehn Jahren hat sich auf dem Hof nichts getan. Die blauen Bücherschränke voller Zeitungen, die aus Faulheit nie zum Altpapier gebracht wurden, und das hühnerblutrote zerschlissene Sofa sind die einzigen Farbtupfer zwischen den steinernen Wänden und Böden. Ihr kommen fast die Tränen, nun, da sie wieder hier ist und spürt, dass auch sie zum Dekor gehört. Sie steht auf und trinkt wild durcheinander, was im Kühlschrank zu finden ist: Wein, Muskateller, Wodka, noch mehr Wein. Alkohol verdirbt nicht. Er verliert bloß den Geschmack. Die Mutter füllt eine Urne, einen metallenen Ascheimer mit drei Liter Volumen, der auf dem Küchentisch steht. Man könnte ihn für eine schlichte dekorative Vase halten. Es ist schwer zu glauben, dass sie ganz da hineinpasst. Irgendwo in der Asche müssen sich ein Ring und eine Zahnfüllung aus Gold befinden. Es könnte auch sein, dass sie den falschen Körper zurück zum Hof gebracht hat. Die Vorstellung macht Hannah nervös, dann muss sie darüber lachen: Man kann jemanden nicht an der Asche erkennen.

Sie muss nur noch diesen letzten Willen erfüllen, bevor sie fahren kann: Théodore, den Einäugigen, schlachten. Wäre es doch bloß mit einem gut platzierten Messerstich und einem letzten Röcheln getan. Doch es ist ganze Arbeit, den noch warmen Körper zu handhaben, das Rupfen der Federn, das Ausnehmen. Und dann muss man auch noch wissen, was man mit dem Kadaver anstellt. Auf einem Hof ist das Töten kein Selbstzweck. Der Tod muss einen Nutzen haben. Der Tod der Mutter bringt ein Erbe mit sich, dreihundert Masthähnchen, fünfzig Hennen und zehntausend Euro; das Erbe der Tiere, von denen die Rojas seit drei Generationen leben. Paul muss den Hahn schlachten und ihn dann verkaufen. Der Leichnam bleibt nicht hier, es gibt kein Begräbnis. Mit der Asche hat sie schon genug zu tun. Hätte die Mutter sprechen können, hätte sie wahrscheinlich von ihr verlangt, nach der Vollstreckung zum Markt zu gehen. Es ist bestimmt schwer, seinen Kindern zu sagen, was man wirklich von ihnen erwartet. Hannah reserviert einen Stand für den nächsten Tag. Sie wird Théodore günstig verkaufen, und dann ist sie frei. Sie sagt sich noch einmal: Das macht man eben mit einem toten Hähnchen.

Trotz des Regens geht sie ohne Mantel raus. Die zähflüssigen Tropfen kleben an ihrer Haut, perlen von ihrer Nase. Kräftige Nasen neigen dazu, den Regen einzufangen. Die Hühner laufen umher; es sind viele, eine kompakte, energiegeladene Masse. Ihre Köpfe nicken im Takt, die Augen aber blicken starr geradeaus. Die Wiese erstreckt sich bis zum angrenzenden Weinstock der Familie Fresse. Die Grundstücksgrenze ist mit einem Stacheldrahtzaun markiert. Sie haben sich nicht bei der Trauerfeier blicken lassen.

Théodore läuft zwischen den anderen umher. Er ist leicht zu erkennen: brav und mager, eine seiner Augenhöhlen ist leer. Von hier sieht es aus, als würden die anderen ihn beschützen, ihn mit ihren fleischigen Körpern umschließen. Sie kommen angelaufen in der Hoffnung, dass Hannah sie füttert. Sie hatte ganz vergessen, wie sie im Regen riechen: fürchterlich. Sie läuft Slalom, um ihnen auszuweichen. Sie lassen sich nicht stören, rennen ihr zwischen die Beine, ein bisschen aggressiv, mit erhobenem Schnabel, wie um zu sagen: Trampel nicht auf unserem Hauptgericht herum, rück lieber mal den Nachtisch raus. In ihrer Mitte wandert gemächlich Théodore umher. Hannah schiebt seine Artgenossen zur Seite.

»Na komm, schon gut, wir kriegen das hin.«

Sie packt kräftig zu und er wehrt sich nicht. Sein Gefieder ist weich, weicher als Haut, wie ein Kopfkissen, ein Plüschtier. Sie möchte ihn an sich drücken. Hannah begutachtet ihn mit von Eifersucht durchtränkter Zuneigung, wie einen braven, gehorsamen Bruder, der zu Hause geblieben ist, um ein Auge auf die gemeinsame Erzeugerin zu haben. Ihrer Mutter war es durchaus zuzutrauen, dass sie dieses Masthähnchen als Sohn angenommen hatte und es nicht ertragen konnte, dass er sie überlebte.

Mit Théodore unterm Arm kehrt Hannah ins Haus zurück. Da sie nicht mehr weiß, wie es geht, könnte es ein langsamer und qualvoller Tod werden. Das sollen die anderen nicht mit ansehen müssen. Ihre Hand zittert. Théodore hat keine Angst. Als sie ihn auf dem Wohnzimmerboden absetzt, bleibt er in ihrer Nähe, um sanft nach ihren Schuhen zu picken. Er ist nicht an Gewalt gewöhnt. Sie möchte ihn anflehen, still zu sitzen und nicht so sanftmütig zu sein. Sie malt sich Szenen aus: wie die Mutter mit ihm lacht, ihm einen Kuss gibt, vielleicht auf den Schnabel, ihm leise eine rührselige Geschichte erzählt, in ihrer Stimme liegt eine Zärtlichkeit, die Hannah nicht kennt, und dann macht er selig sein eines gesundes Auge zu und gibt sich dem Schlaf hin. Vielleicht gab es auch gemeinsame Mahlzeiten. Sie stellt sich vor, wie die Mutter mit ihm über die Wiese rennt, ihre alten arthritischen Beine folgen dem Takt seiner Läufe.

Sie muss ihn sehr geliebt haben.

Hannah sieht sich nach Beistand um. Er darf nicht einfach so sterben. Die Erfüllung eines letzten Willens erfordert eine gewisse Feierlichkeit. Sie greift nach dem Kondolenzbuch im Eingangsbereich, und kritzelt auf eine leere Seite alles, was ihr zu Théodore einfällt. Sie notiert: Munter und gutmütig, an Hingabe und Zärtlichkeit gewöhnt, ein Huhn, das Zuneigung verdient. Dann noch: »Spaßvogel«. Sie möchte, dass die Leute, die ihn aufessen, seinen Status kennen. Théodore. Seinen Vornamen, der eines der letzten Wörter war, die von der Mutter geäußert wurden, die Litanei seiner Silben.

Die Sätze reihen sich aneinander. Sie schreibt das Huhn nieder.

»Du wirst unvergessen bleiben, Théo.«

Sie greift ihn bei den Flügeln, die zu schlagen beginnen, was Hannah erschreckt, mit einem Mal fühlt er sich so zerbrechlich an in ihrem Griff. Théodore will sich befreien, doch es nützt nichts, Hannah hat ihn nun fest am Hals gepackt. Unterm Gefieder schlägt sein Herz schnell und kräftig. Er wendet den Schnabel, pickt in die Luft. Seine Muskeln verkrampfen. Sie erhöht den Druck und die winzigen Knochen brechen. Der ganze Körper birst. So sehr Théodore auch schreit, es ist vergebens. Ein letzter schwacher Atemzug verfliegt.

II

Mit Stöpseln in den Ohren baut Hannah den Stand auf. Auf dem Marktplatz wurden die Platanen durch Palmen ersetzt, die gleich nach dem Pflanzen eingegangen sind. Man würde gern ein bisschen Südseeflair in die Region bringen, doch das Klima spielt nicht mit. Die völlig vertrockneten, von Parasiten zerfressenen Palmen haben dieselbe Farbe wie die Häuserfassaden. Hannah wurde in die hinterste Ecke neben die Kirche verbannt. Man muss erst an allen anderen Verkaufsständen vorbei, den zwanzig Alteingesessenen. Der Kundenansturm hat noch nicht begonnen, doch überall wird schon geschrien, um sich auf das Tagewerk einzustimmen. Die Gerüche von Fisch und Fleisch vermischen sich. Man beobachtet Hannah aus dem Augenwinkel: Was will denn die Vegetarierin hier? Sollte die nicht schon wieder abgereist sein, die hat sich seit bestimmt zehn Jahren nicht mehr auf dem Markt blicken lassen. Benjamin, der aufrecht hinter seinem Stand steht, zwinkert ihr zu. Das alte Schlitzohr hat kein Haar mehr auf dem Kopf. Ihm ist die Genehmigung entzogen worden und Hannah argwöhnt, dass sein Fisch aus der Tiefkühlabteilung des nahegelegenen Einkaufszentrums kommt, wo nach den Markttagen oft Seehecht, Lachs und Krabben ausverkauft sind. Das hat zumindest ihre Mutter bei ihren sonntäglichen Telefonaten angedeutet.

Nicolas bietet seine Kühe in verschiedenen Darreichungsformen für die Pfanne, den Ofen oder den Grill an: Schwanzstück, Flanksteak, Nacken, Brust, alles von rührend schönem Rot. In der Schule waren er und Hannah unzertrennlich. Sie schrieben voneinander ab, telefonierten, sobald sie zu Hause waren, stundenlang und ritzten gemeinsam die Rinde der Platanen ein. Er ist schlagartig gealtert und hat zugenommen, doch die Akne ist geblieben. Er grüßt nicht, würdigt sie keines Blickes. Sie richtet sich trotzdem ein, trotz der offenen Feindseligkeit, und obwohl der Stand ihrer Mutter an einen Mann vergeben wurde, der jünger ist als sie, gut verkaufen kann und sich die Haare gelt. Er ist nicht von hier, dafür ist seine Haut zu hell: Vielleicht kommt er aus der Normandie? Sein Stand ist schick: Spots beleuchten die Hähnchenkarkassen, die ausgepackten Körper formen eine Pyramide, die eines Gymnastikturniers würdig wäre.

Hannah denkt: »Ich habe Théodore geschlachtet.«

Neben ein paar Marmeladengläsern, die sie noch hinten im Schrank gefunden hat, recken sich seine Schenkel, vakuumverpackt von der Maschine ihrer Mutter. Ihr Stand ist minimalistisch: Auf drei aufgebockten Holzplanken hat sie ein paar Eier und fünf weitere Hähnchen in einem Korb angerichtet. Hannah hat etwas gespürt, als sie den Einäugigen getötet hat, eine vage Kindheitserinnerung, die sie noch einmal erleben wollte; sie hat noch andere Hälse durchtrennt. Théodore hat eine

Sonderbehandlung bekommen: Er hat ein Etikett, und auf dem Etikett steht groß sein Name, *Théodore*, und darunter, mit der Hand geschrieben, seine Biografie. Hannah hat das Wort ausgeschriebenen, damit man es nicht mit einer bloßen »Bio«-Kennzeichnung verwechselt. Auch seine Lebensdaten sind ordnungsgemäß angegeben: 14. Februar 2018 – 20. September 2018.

Hübsch, so eine Plastikgrabplatte.

Hannah betrachtet sie nun eingehend, wie einen Fremdkörper, ein winziges Denkmal, geschmückt mit ihren Worten. Sie liest sie noch einmal, bewundernd, als wäre nicht sie diejenige, die sie geschrieben hat:

Théodore kam inmitten von weiten Wiesen zur Welt. Er war ein Freigeist und ein Schelm, litt jedoch unter einer Behinderung, einem fehlenden Auge, was er durch seine ungezwungene und doch kesse Art auszugleichen verstand. Théodore rannte gern pickend im Kreis und stets gegen den Strom seiner Artgenossen, als würde er tanzen. Er pflegte eine besondere Beziehung zu seiner Landwirtin, das enge Band ihrer Freundschaft vermochte nur der Tod zu trennen.

Sie präsentiert Théodore in der Mitte des Standes. Ein hartgekochtes Ei dient ihm als Podest. Es ist schwierig, einen Fleischstand herzurichten. Es gilt, eine Inszenierung zu erschaffen, die Lust auf Genuss ohne Scham macht. Was ist schmutzig und eklig, was appetitlich? Der nackte Rumpf, die Stücke, der ganze Körper? Das Blut? Trennt man die Bürzel ab?

Das Tête-à-Tête mit den toten Hähnchen dauert an. Mit einem schwachen Lächeln fixiert Hannah das ihr gegenüberliegende Schild mit der Aufschrift *Frontière / Frontera*, das die Dorfgrenze markiert. Die Kundschaft kommt nicht bis zu ihr, sie kauft das Sonntagsmahl bei dem Normannen, sogar die Einheimischen, sogar die Freunde ihrer Mutter. Sie grüßen sie nicht. Trotzdem haben sie bei der Trauerfeier ihre Hand gedrückt. War ihr in diesem Moment ein Fehler unterlaufen? Sie würde gern rufen: »Ich mache das hier nicht meinetwegen, sondern für meine Mutter, nehmt mir Théodore ab und wir müssen nie wieder miteinander reden. Ich habe nämlich einen Mann, der auf mich wartet.« Stattdessen verkündet sie: »Évelyne Rojas' Hähnchen, mit Quellwasser aufgezogen«. Die Wörter kommen wie aus der Maschinenpistole geschossen. Sie zeigen sofortige Wirkung: Vier Personen finden sich vor dem Stand ein. Sie gehen Hand in Hand, die Körper aneinandergekoppelt. Eine Touristenfamilie. Einer der Jungs ist im Teenageralter. Er wirkt spöttischer als sein Bruder, guckt sie schief an. Seine geweiteten Pupillen deuten darauf hin, dass er gekifft hat. Die Mutter wendet sich mit höflichem Lächeln an Hannah. Ihre Zähne sind sehr weiß.

»Haben Sie den Hof übernommen? Ist Évelyne in Rente gegangen?«

Ihr spitzer Zungenschlag verleiht den Worten einen unangenehmen Klang.

»Sie ist gestorben.«

Die Ansage erzeugt den gewünschten Effekt: Die Mutter fährt zusammen, kreuzt die Arme, blickt hilfesuchend zu ihrem Mann, der anderweitig beschäftigt ist und dem Jüngsten die Schnürsenkel bindet. Ihre Zunge regt sich im Mund, stößt gegen die Zähne, die Worte ertrinken im Speichel. Sie murmelt eine Beileidsbekundung, der Akzent ist verschwunden. Hannah hätte schwören können, dass sie als Nächstes fragt: »Was ist passiert?«, oder: »Woran ist sie gestorben?«, doch nichts dergleichen. Die Frau lächelt und knetet die Hände, bevor sie ausruft:

»Heute gibt es Hühnchen.«

Ihr Blick fällt auf Théodore. Sie liest die Biografie auf der Suche nach dem Verbrauchsdatum. Ihre Augenbrauen ziehen sich zusammen, als sie die Hommage überfliegt. Nun verrenkt sich Hannah nervös die Hände. Es ist das erste Mal, dass jemand den Text liest. Sie unterbricht sie:

»Das ist ein sehr gutes Hähnchen.«

Die Frau hat sich schon umgedreht, sie wedelt vor versammelter Familie mit der Verpackung, und das Fleisch bebt. Hannah würde ihr Théodore am liebsten entreißen. Sie hat Angst, dass er runterfällt. Sie muss an die Urne denken. Sie müsste langsam mal die Asche der Mutter verstreuen, vielleicht wäre der Markt ein guter Ort dafür.

»Schau mal, Schatz, das ist die Biografie des Hähnchens!«

Der Mann beugt sich träge über das Etikett und hebt nach den ersten beiden Zeilen den Kopf. »Macht die das etwas für jedes einzelne Viech?« Der ältere Junge schnappt sich die Verpackung. Er raunt seinem Bruder zu: »Guck mal, da ist ein Rechtschreibfehler.« Er presst den Finger auf den Fehler und drückt Théodores Körper ein. Hannah schnaubt. Die Mutter fühlt sich unter Druck gesetzt. Hannah verkauft Théodore.

Nachdem die Händler zusammengepackt haben, gehen sie im Tross in Richtung Kneipe, lassen die Skelette ihrer Stände auf dem Platz und die unverkauften Waren in ihren Transportern zurück. Hannah weiß erst nicht, ob sie sich ihnen anschließen soll, immerhin wurde sie nicht eingeladen, aber man muss Kontakte knüpfen, und das geht so nun mal am einfachsten. Nach diesen Tagen der Trauer hat sie sich einen kleinen Trost verdient. In der Kneipe ist oben an der Wand ein Fernseher angebracht, der junge Leute zeigt, die lasziv tanzen. Die Wirtin ahmt sie nach, während sie das Bier zapft, bewegt ihren vertrockneten Körper im Takt. Auch hier hat sich an der Inneneinrichtung nichts getan. Die alten Steine und die Wildschweinköpfe an der Wand wirken wie eine Hommage an die Vergangenheit, und die Dorfleute, sofern sie noch am Leben sind, kauern, wenn auch gealtert, wie vor zehn Jahren auf ihren Barhockern, und die Worte, die aus ihren Mündern kommen, sind dieselben wie damals, genauso wie die vor ihnen stehenden alkoholischen Getränke. Sie sind erstarrt wie in Pompeji, da war Hannah in der Mittelschule mal mit dem Bus. Nicolas war auch dabei. Sie haben zusammen Eisenkraut geraucht. Hannah setzt sich neben ihn an die Theke. Er dreht sich nicht um. Sie denkt: Kein guter Moment für ein Wiedersehen. Er ist ganz in die Billardpartie vertieft. Eine Frau spielt. Ihr geschlitzter Rock zieht die Blicke der Männer auf sich. Nicolas ist zum Dorfgockel geworden, er lacht am lautesten von allen. Sein Lachen klingt wie das von Louis, es verebbt mit einem Zittern. Als sie Louis gerade kennengelernt hatte, war sie bei diesem abgehackten Lachen immer zusammengezuckt. Vielleicht hatte sie ihn sogar geküsst, um es nicht mehr hören zu müssen. Hier würde Louis nicht lachen. In Dorfkneipen fühlt er sich nicht wohl.

Jeder hat seine eigene Theorie über den Spielausgang. »Ich sag's euch, die Kleine überrascht uns noch. Sie hat noch ein Ass im Ärmel.«

»Ich glaube ja eher, dass die Typen da sie spielen lassen, solang es geht, aber sobald sie die Schnauze voll haben ...«

»Sobald sie Durst kriegen, wohl eher, oder wenn Claude kommt ... Dann fliegt sie ruckzuck raus!«

Hannah spürt weder, dass die Zeit vergeht, noch dass niemand mit ihr spricht. Sie denkt daran, dass es richtig war, diese Biografie zu schreiben. Vielleicht hätte es die Mutter sogar stolz gemacht.

Als Nicolas aufsteht, sieht sie, dass er schwankt, sie würde ihm gern ihre Hilfe anbieten, ihn stützen. Sie wagt es nicht. Er verabschiedet sie mit einem Kopfnicken, das Kinn vorgereckt, als würde er eine lange Unterhaltung beenden. Auf dem Friedhof hatte er ihre rechte Hand gedrückt und sich erkundigt: »Wie geht es dir?«, die übliche Frage. Sie hatte geantwortet: »Gut.« Das war vielleicht schon genug der Neuigkeiten. Er ist schon im Gehen, als Hannah beschließt, dass es doch besser wäre, noch irgendetwas zu sagen. Also ruft sie laut: »Und, wie geht es dir?«

Nicolas dreht sich zu ihr um, und mit ihm alle Männer in der Kneipe. Sie betrachten sie beunruhigt, wie eine Fremde, die gerade hereingekommen ist und von der man nicht weiß, was sie will. Der Lärm legt sich. Nicolas lehnt sich gegen die Tür und antwortet bloß: »Gut.«

Sie kommt mit leeren Taschen zurück. Ein Hähnchen ist drei Gläser Whisky wert. Es muss spät sein, draußen ist es dunkel. Nur der Mond erhellt den Hof. Hannah geht zum Hühnerstall. Sie stellt die Taschen mit den Resten vom Markt draußen ab und drückt vorsichtig die Tür auf, als würde sie ein Zimmer voller schlafender Kinder betreten. Es ist still; die Hühner dösen auf ihrer Einstreu aus sorgfältig zerkleinertem Heu, trocken, warm und reichlich. Die Körper heben und senken sich im Takt ihrer Atemzüge.

Aus dem Kükengehege dringt ein milder Geruch. Claro ist schon ein gutes Stück gewachsen. Er ist an dem Tag geschlüpft, an dem die Mutter gestorben ist. Dieser kleine gelbe Ball wird schon bald ein schöner weißer Hahn sein. Sie hat ihn beringt, so wie sie es als Kind immer gesehen hat. Dabei muss man behutsam vorgehen. Man klemmt sich das Huhn fest unter den Arm, damit es nicht mit den Flügeln schlagen kann, drückt die drei Vorderzehen zusammen und schiebt den Ring bis über den hinteren Zeh.

Während sie ihn betrachtet, muss sie sauer aufstoßen und ihren Speichel schlucken. Unwillkürlich ballen sich ihre Hände zur Faust, die Muskeln spannen sich an und ihr ist danach, ihn zu zerdrücken wie ein Ei.

III

Théodore wurde von einer Familie verzehrt. Sein Fleisch ruht in mehreren Bäuchen, mindestens vier, seine Knochen liegen verstreut in verschiedenen Müllbeuteln, doch etwas ist trotzdem noch ganz. Sein Leben auf dem Etikett. Ob sie es als Souvenir behalten haben? Sie hätte eine Abschrift anfertigen sollen, um sie auf die Urne der Mutter zu kleben.

Es ist kühl. Vor dem Schlafzimmerfenster erstrecken sich die leeren Felder. Dazwischen heben sich kleine Stücke Heideland ab, sie unterbrechen die wohlgeordneten Parzellen. Die Berge ringsum wirken wie in sich zusammengesunken. So richtig aufrecht waren sie ihr nie erschienen, mit ihren abgerundeten Gipfeln und vergilbten Flanken. Auf den Karten Frankreichs sind sie meist nicht bezeichnet.

Hannah sollte ihre Abreise vorbereiten, doch sie will nach den Hühnern sehen. Sie merkt es ganz plötzlich: Das Gackern fehlt ihr. Die letzten zehn Jahre hat sie alles darangesetzt, diesem Haus zu entkommen, den beiden Hühnerställen, die es umringen wie Wachposten, als wären die Menschen Gefangene unter Aufsicht der

Tiere. Théodore wurde geschlachtet und verkauft. Sie hat ihre letzte Kindespflicht erfüllt. Trotzdem denkt sie: Das hier ist jetzt mein Zuhause. Ohne die Mutter kommt ihr die umgebende Landschaft unabdingbar vor. Ebenso das Leben der Hühner. Man muss sich vom frühen Morgen an um sie kümmern. Sie öffnet die Gehege und füllt die Futtertröge auf, vorsichtig, damit nichts auf den Boden fällt, die Schnäbel sind zu empfindlich, um auf betonierten Oberflächen zu picken. Sie füllt die Traufen mit Quellwasser der hauseigenen Marke und lässt die dreihundert Hühner ins Freie. Hannah sieht ihnen zu, reglos an die Hauswand gelehnt. Während die anderen sich in wohlgeordneten Grüppchen über das weite Feld verteilen, dicke schwarze Flecken auf grünem Grund, die fröhlich nach den Überresten des diesjährigen Grases picken, bleibt ein Hahn neben ihr stehen. Er blickt sie einen Augenblick lang mit gehobenem Kopf an, ganz still, mustert sie geradezu, und Hannah fragt sich, was er in ihr sieht, dann setzt er sich wieder in Bewegung, reckt den Hals, plustert sich auf und zerrt liebevoll an ihren Schnürsenkeln, als wollte er sie zu sich heranziehen, sie zum Spielen auffordern. Er bleibt hartnäckig, packt fest mit dem Schnabel zu. Mit bloßer Muskelkraft zieht er Hannah nach vorn. Sie könnte ihn »Senkel« nennen. Auf seinem Fußring steht »Selma«, das klingt ähnlich. Das ist bestimmt so ein Hahn, denkt sie, der die Gesellschaft seiner Artgenossen meidet und die der Halterin sucht, der die ausgelegte Spreu vom Weizen trennt. Ein erstklassiger, anhänglicher Hahn. Ein ziemlich hübsches Ding, und er scheint nicht auf den schön gezackten Kamm gefallen zu sein. Ihr scheint, als würde sie diesen Hahn verstehen, als würde sie wissen, *worauf er hinaus-*

will, und als sie sich dieser Verbindung bewusst wird, bekommt sie Lust, zu schreiben. Und ihn zu schlachten. Sie kann nicht schreiben, ohne zu schlachten. Es wäre vollkommen sinnlos, ein Buch über das Leben der Hühner zu schreiben. Ihnen eine letzte Ehre zu erweisen allerdings ist eine andere Sache, ihr Leben zu erzählen, um ihren Tod zu begleiten, ihnen posthum ein Denkmal zu setzen. Es erscheint ihr geradezu selbstverständlich, dass dies nun ihre Aufgabe ist, und nicht das Kofferpacken, die Rückkehr zu Louis. Als Kind träumte Hannah oft von lebendigen gerupften Hähnchen ohne Flügel, ohne Schweif, die aber noch laufen konnten. Sie waren weder tot noch lebendig, nahrhafte Spielgefährten.

Oben befindet sich das ausgebaute Dachgeschoss, das Reich ihrer Mutter, Schlafzimmer und Arbeitszimmer, zwei verbotene Türen, deren Schwelle die kleine Hannah nicht zu übertreten wagte, das wäre ihr gar nicht in den Sinn gekommen. Sie drückt die erste Tür auf und betritt das Arbeitszimmer, setzt sich in den Bürosessel, zum allerersten Mal, und ist überrascht, wie weich die Rückenlehne ist. Vor ihr steht ein großer, altmodischer Computer. Er ist nicht passwortgeschützt. Hannah scrollt sich durch die Suchhistorie: Streamingseiten, ein Landwirtschaftsforum, in dem Tipps zur Tierhaltung ausgetauscht werden. Ein Link führt sie zu einem fettgeschriebenen Pseudonym, *JungesHuhn66*. Angewidert schließt sie den Tab.

Der Suchbegriff »Trauerrede« liefert vierhundertneunzigtausend Ergebnisse. Ganz oben ist *HelloHeaven*, die Hotline ins Jenseits: »Was die Toten über sich hören möchten«, »Vorsorge in jedem Alter«, »Weißes Paradies:

Online-Gedenkseite erstellen«. Es werden auch vorgefertigte Gedenkworte angeboten. Es empfiehlt sich, die Qualitäten der verstorbenen Person hervorzuheben, beginnend mit der Großzügigkeit. Schwächen haben in einem Nachruf nichts zu suchen, Metaphern wie »Der Tod hat Dich auf Deine letzte Reise mitgenommen« hingegen kommen gut an. Am beliebtesten scheinen Phrasen voller Zuneigungsbekundungen zu sein: »Meine über alles geliebte Mutter, für immer und ewig in meinem Herzen.« Hannah ist gerührt von all den Dingen, die man über den Tod sagen kann. Der eigentliche Tod entlockt ihr keine vergleichbaren Empfindungen. Man bekommt gesagt: Sie ist tot, und hat deutlich den leblosen Körper vor sich.

Im Fall ihrer Mutter konnte sie nicht einmal eine Rede halten. Was soll man auf einem Friedhof schon groß sagen? »Erzählen Sie auf der Trauerfeier eine persönliche Anekdote!«, verordnet *HelloHeaven*. Alle Erinnerungen an die Mutter haben mit Gewalt und Tod zu tun – es wäre wohl kaum angebracht gewesen, davon zu berichten, wie Hühner nach der Schlachtung ohne Kopf durch die Gegend liefen, wie sie in der Mitte durchgeschnitten wurden, oder vom Tod der Großeltern zu erzählen, die vor langer Zeit besonnen und würdevoll im Abstand weniger Tage das Zeitliche gesegnet haben, als wollten sie ihren Kindern ersparen, zweimal trauern zu müssen. Solche Anekdoten schicken sich nicht. Eine nette Geschichte gibt es aber doch, Hannah war bloß nicht danach, sie vor der versammelten Dorfgemeinschaft zum Besten zu geben. Wenn die Hühner versorgt waren und das Abendessen vorbei war, rief ihre Mutter ihr zu: Willst du einen Film gucken? Hannah kuschelte sich in die Sofakissen. Die Mutter verschwand für einen Moment. Bei ihrer Rückkehr hielt sie eine Videokassette in der Hand. Sie schob sie in den Rekorder. Der Bildschirm leuchtete meist zunächst rot auf, dann erschienen richtige Bilder von Menschen in Städten, auf dem Land oder im Wald. Hannah ließ sich ins Sofa sinken, neben ihr richtete ihre Mutter sich auf und stierte geradeaus. Hannah nahm ihren Geruch war, und er kam ihr vor, als wäre es der Geruch des Films. Die Bilder kamen von weit her, aus Bollywood oder Los Angeles, die Sprache war ihr unbekannt. Untertitel gab es nicht. Die brauchen wir gar nicht, ich verstehe das auch so, hatte die Mutter verkündet. Mittlerweile weiß Hannah, dass der Mutter diese Sprachen genauso fremd waren wie ihr. Nach den ersten Minuten begannen die Figuren im Film zu sprechen. Die Mutter räusperte sich, rückte noch etwas näher an den Fernseher und übersetzte die Dialoge mit monotoner Stimme, manchmal stimmte sie einen tieferen, maskulinen Ton an.

Cary Grant, Grace Kelly und die Inderinnen aus Bollywood – alle sprachen mit dem Tonfall ihrer Mutter. Mitten in einem Unwetter im Dschungel sahen sie sich tief in die Augen, ihre Hände streiften einander, dann sah man wieder ihre Augen, und der Mann sagte zur Frau: »Ich habe vergessen, den Müll rauszubringen.«

»Mache ich morgen«, gab sie zurück.

»Glaubst du, dass irgendetwas auf uns wartet?«

»Ich liebe dich, auch wenn ich es dir nie sagen konnte. Ich weiß, dass ich es hätte tun müssen, aber ich konnte nicht.«

»Du musst weg von diesem Ort, bevor er dich auffrisst.«

Wenn die Mutter schließlich erschöpft war, sagte sie: »Das Letzte habe ich nicht verstanden, die hat so einen komischen Dialekt.«

Die Dialoge wiederholten sich von Film zu Film, es waren immer dieselben Geschichten von unerwiderter Liebe und nicht rausgebrachtem Müll, ganz egal, ob die Handlung in New York oder New Delhi stattfand. Der Mutter zufolge gestanden die Figuren sich noch während der Verfolgungsjagd mit zusammengekniffenen Lippen ihre Liebe. Hannah versuchte gar nicht erst zu verstehen, was da vor sich ging.

Hannah nimmt das Notizheft nicht mit auf die Wiese, sie beobachtet nur. Hühner können stundenlang durch die Gegend laufen, ohne dass ihnen langweilig wird. Sie auch. Ihr Handy klingelt. Louis ist dran: Sein Name erscheint in Großbuchstaben über einem Sonnenuntergangsfoto, das nicht Hannah gemacht hat. Er hofft, dass sie bald wiederkommt. Dass er das Datum ihrer Rückkehr nicht kennt, macht ihn nervös. Die räumliche Trennung ist allerdings nichts Ungewöhnliches. Ihr gemeinsames Leben ist um zwei Einsamkeiten herumgebaut, als wären sie wilde Tiere, die erst lernen mussten, im Rudel zu funktionieren. Nur dass es Louis' Baustellen sind, die den Takt vorgeben. Manchmal ist er bis zu sechs Monate auf einer Baustelle. Diesmal ist es anders. Bisher war nie sie diejenige, die ausgeflogen ist, und sie ist nur zwei Fahrtstunden entfernt, könnte durchaus zu ihm kommen, und sei es für ein Wochenende. Sie will ihm den Gefallen nicht tun: Trauerfeiern schwänzt man nicht.

Das Klingeln hält an. Sie lässt das Handy auf den Boden fallen, das weiche Gras fängt es auf. Sie hat keine Lust zu reden. Acht Jahre Beziehung, und wenn die Mutter stirbt, macht er sich rar. Sein Projekt in Dubai erfordert ständige Anwesenheit im Büro – internationale Kunden sind die anspruchsvollsten, die Zeitverschiebung erschwert die Kommunikation –, er konnte es sich nicht erlauben, wegzufahren, nicht mal für zwei Tage. Louis hat gesagt, es tue ihm leid, sie solle ihm nicht böse sein. Er würde sich wünschen, dass es anders sei, hätte gern bei der Trauerfeier neben ihr gestanden und Hände geschüttelt, ihr dabei geholfen, den Hof an den Meistbietenden zu verkaufen. Mit dem Geld wären sie dann in den Urlaub gefahren, auf Reisen funktioniert es immer gut zwischen ihnen, wenn er ihr die Entstehungsgeschichte der bereisten Orte erläutert. Louis erzählt gern von Gebäuden, seine Stimme erweckt sie zum Leben. Gebäude begeistert ihn. Dann hätte Hannah den Hof nicht liebgewonnen, hätte Théodore nicht geschlachtet.

Es ist zu spät. Sie kann jetzt nicht einfach einen großen Hühnerausverkauf veranstalten, um in die Stadt zurückzukehren. Sie braucht Zeit zum Nachdenken. Etwas Grundlegendes trennt sie von Louis: Er hat nie auf dem Hof gelebt. Diese Überlegung ist albern, denn sie weiß, worauf sie letztendlich hinausläuft: Allein die Hühner können ihre Freunde sein, ihre Liebhaber und Geschwister, weil sie mit ihnen aufgewachsen ist. Vielleicht stimmt das ja sogar. Hannah mag die Gesellschaft der Tiergesichter, die weniger charaktervoll und dafür umso rätselhafter sind. Sie liebt ihren strengen Geruch mehr als Louis' Liebesbekundungen.

Sie schreibt ihm: »Ich denke an dich.«

Sie holt sich einen alten gemütlichen Sessel mit Armlehnen raus. Er war einer der angestammten Throne ihrer Mutter; sie wäre ausgerastet, hätte sie gesehen, dass er hier draußen steht und womöglich nassgeregnet wird. Hannah breitet ein Bettlaken darüber. Sie sitzt bis zum Abend bei den Hühnern, und den darauffolgenden Tag. Irgendwas ist immer los. Hier ein Techtelmechtel, da eine Paarung, Magersucht, Animositäten, Eierlegen, ein Männchen, das für ein Weibchen gehalten wurde, Ausbrüche, Geschrei und Flugversuche mit ungelenkem Flügelschlagen.

Manchmal geht sie zu einem hin, um ihm den Kopf zu tätscheln. Claro scheint überrascht über die Liebkosung, er hebt den Blick und sieht Hannah aus schwarzen Augen an, bevor er weiterpickt, und sie erkennt sich darin.

Sie schreibt, um zu üben.
Und wenn sie genügend Material hat, schlachtet sie.

Erster

Erster kam am ersten Septembertag zur Welt und war allseits für seine Großzügigkeit bekannt. Seine Lieblingsbeschäftigungen waren essen, schlafen und laufen: schlichte Freuden einer reinen Seele. Sein asymmetrischer Schopf verlieh ihm das Aussehen eines Gelehrten. Den umschwärmten Bandenführer wird man noch lange vermissen.

Senkel

Senkel zerrte und zerrte, bis er das gewünschte Objekt erlangte. Seine Beharrlichkeit kannte keine Grenzen. Er mied die Gesellschaft seiner Artgenossen, um sich seiner Halterin weiter anzunähern, die er verehrte. Senkel war ein einzigartiger, erstklassiger Hahn und bestach durch Intelligenz und Schalkhaftigkeit. Sein Herz mag aufgehört haben zu schlagen, doch in den unseren wird er weiterleben.

Igor

Igor widmete seine Tage der Eroberung des immergleichen Territoriums. Es handelte sich um einen Flecken Erde zwischen dem Hühnerstall und dem Haus, den ein von der Tramontane gefällter Baum ziert. Manchmal hielt er inne, um in den Himmel zu blicken, was die anderen ausnutzten, um das Gebiet einzunehmen. Er verjagte sie mit einem Schnabelhieb, bevor er sich wieder der Kontemplation hingab.

Gallus

Gallus war in der Hackordnung ganz unten. Er durfte erst als Letzter essen und sich betten und musste sich der Rolle fügen, die seine Mitbrüder ihm zugedachten. Sein genetisches Erbe hatte für ihn entschieden. Auch wenn er sich dieser Ordnung zu unterwerfen schien, gelang es ihm doch stets, sich Freiräume zu erkämpfen. Heute steigt das Loblied aller durch die Wolken zu ihm auf.

IV

Manchmal erstarren die Hühner auf der Wiese, weil sie entweder besonders wachsam oder besonders erschöpft sind, und Hannah hält den Atem an. Sie verharren reglos auf der Stelle, als spielten sie Donner, Wetter, Blitz. Ihre Choreografie mutet militärisch an: Hannah stellt sich vor, dass sie unermüdlich Rückzug und Angriff (nur wovon?) üben, eines von ihnen geht als Aufklärer voran, die anderen folgen in einigem Abstand, warten auf ein Signal.

Die jüngsten Küken tauft sie Nick und Benji. Louis ist zu sehr Städter, als dass er einem Huhn Pate stehen könnte. Sie lässt sich auch gern vom Dorf inspirieren, es macht ihr Spaß, die Namen derer zu entstellen, die sie so unfreundlich empfangen haben. Ihre Nachbarn können sich nicht einmal dazu durchringen, sie auf dem Markt zu grüßen. Die Idee ist ihr ganz plötzlich gekommen, als ihr eine gewisse Ähnlichkeit aufgefallen ist: Benji hat eine Glatze, auf dem Kopf sind ihm keine Federn gewachsen, weshalb er etwas von einem wildgewordenen Pastor hat. Nick gackert trotz seiner kleinen Körpergröße wie verrückt und streckt die Brust heraus. Auf seinem Gefieder hat er üble rote Punkte, die als Pickel durchgehen könnten. Trotz allem findet sie ihn gar nicht so übel. Wenn sie nach den Hühnern ruft, gibt sie sich gern autoritär, das verschafft ihr ein Gefühl, als ob das ganze Dorf unter ihrer Fuchtel stünde. Sie und Nicolas haben den Lehrkräften immer Tiernamen verpasst. Fette Kuh, Rindvieh, Schwein, dicker Snoopy. Menschenskinder!, schimpften die Lehrkräfte über sie. Im Umkehrschluss bekommen die Hühner jetzt Menschennamen und werden zu Menschenskindern ehrenhalber. Im Zoo bezahlen die Leute teuer Geld, um Namenspate für einen Panda zu werden.

Der Modus operandi ändert sich je nach Exekution. Am besten gefällt Hannah das Halsumdrehen. Sie empfindet es als Höhepunkt, der ihr reuiges Vergnügen bereitet. Wenn sie in friedlicher Stimmung ist, begnügt sie sich mit dem Messer, macht zwei Stiche neben den Ohrscheiben und sieht zu, wie das Blut hinausläuft. Sie so eines nach dem anderen umzubringen, verlängert das Leid, das Warten, doch jedes Huhn verdient einen eigenen Tod, letzte Worte, einen Abschied. Wobei sie noch nie gesehen hat, dass eines der Hühner Abschied genommen hätte. Wenn sie an der Reihe sind, begnügen sie sich damit, noch etwas lauter zu piepsen. Sie möchten zurück zur Gruppe, weiter im Gras picken. Weitermachen ja, aber sich verabschieden, niemals. Anders ist es bei den Verbliebenen: Sie nähern sich dem Stammplatz des Toten im Stall, am Futtertrog bleibt eine Lücke in ihren Reihen, manchmal tagelang. Die Macht der Gewohnheit. Doch die Wunde in der Gemeinschaft vernarbt.

Nach der Exekution verpackt sie sie wie Geschenke. Sie färbt die Plastikfolie mit Lebensmittelfarbe und Essigwasser.

An diesem Samstag schlachtet Hannah fünfzehn Hähnchen mit dem Beil, nicht ohne eine Trauerrede zu halten, die eher poetischer als religiöser Natur ist, aber wer weiß, was ihnen im Nachleben hilft. Das Beil ist praktisch, muss aber gut geschärft sein. Morgen ist Markttag, und sie will vorbereitet sein. Sie beugt sich über den Schreibtisch, entwirft einen Text über Sushi. Sie hat Schwierigkeiten, die richtigen Worte zu finden. Sushi war das kleinste unter den Hühnern, richtete aber den meisten Schaden an. Sein Schnabel war spitz und das Gefieder stellenweise dünn, aber »kleines Hähnchen mit dünnem Gefieder« klingt nicht gut. Die Realität ist nicht besonders appetitlich. Das Wörterbuch ist ihr keine Hilfe, die aufgelisteten Synonyme sind zum Kotzen: bescheiden, mickrig, winzig, gering.

Es klingelt an der Tür.

Hannahs Hände erstarren. Sie erwartet keinen Besuch. Vor ihr liegen eine blutige Plane und ein in Plastik verpackter kopfloser Rumpf. Das Ganze sieht aus wie ein Tatort. Vielleicht wusste die Polizei Bescheid. Die Polizei ahnt, wenn Blut vergossen wird. Oder es ist Louis. Er überrascht sie gern. Zu ihrem zweiten Jahrestag hat er vor einer ihrer Arbeitsstellen auf sie gewartet, Motorradhelm auf dem Kopf, eine Flasche in der Hand, um sie zum allerersten Mal ins Restaurant auszuführen. In der steifen Atmosphäre kam das Gespräch nicht in Gang.

Hannahs rechter Arm liegt auf Sushis Bauch, der andere hängt in der Luft. Ihre Finger zittern ein wenig. Die abgekauten Nägel tragen noch Reste von Nagellack zur Schau, ein eitles Überbleibsel der Trauerfeier. Im Mülleimer mischen sich Hühnerlebern, Mägen, Luftröhren, Speiseröhren, Lungen. Ihr Blick fällt auf die noch unverpackten Leiber, sie versteckt sie schnell unter ein paar Blättern.

Die Haustür öffnet sich mit einem Knarzen. Sie hat nicht abgeschlossen. So macht man das hier, lässt die anderen ungehindert eintreten. Alle dürfen kommen, und wenn doch mal ein ungebetener Gast dabei ist, gibt es ja noch das Gewehr.

»Hannah, wo steckst du?«

Das ist die Stimme des Onkels. Kurz erwägt Hannah, sich unterm Schreibtisch zu verstecken. Das hat sie immer gemacht, wenn ihre Mutter sie baden wollte. Das warme Seifenwasser reizte ihre Haut. Sie hört sich brav antworten:

»Oben!«

Der Onkel steigt die Holztreppe hinauf und betritt das Arbeitszimmer, als wäre er hier zu Hause. Sein Schritt ist langsam. Als er vor Hannah steht, starrt er auf die Hühnerleichen und die beschriebenen Blätter voller Streichungen. Hannah ist wie gelähmt, streichelt den Kadaver von Sushi. Der Onkel kann den Blick kaum davon abwenden.

»Ich wollte nur mal hallo sagen«, stammelt er, »schauen, wie es dir geht, ob du was brauchst … Elsa hat dir einen Kuchen gebacken, wir hatten ja noch keine Gelegenheit, uns zu sehen, es ist ein Kirschkuchen, sie hat gesagt, den hast du früher immer gemocht. Du bleibst also noch? Ziehst du hier ein?«

Die Kirschsaison ist schon vorbei, aber die Tante macht sie ein, bei ihr gibt es das ganze Jahr über Kirschen.

Der Onkel geht einen Schritt auf Hannah zu, überreicht ihr den Kuchen. Sie hat seit Tagen mit niemandem mehr gesprochen (außer per Textnachricht, aber davon wird die Stimme nicht warm), sie muss ihre Stimmbänder erst wieder aufwecken, den Teil ihres Gehirns einschalten, der für soziale Interaktion zuständig ist. Bleibt sie noch? Hannah würde gern sagen: Was weiß denn ich, keine Ahnung, ich habe keinen Plan, aber das ist keine zulässige Antwort.

»Ich schaffe ein bisschen Ordnung. Dann fahre ich zurück in die Stadt.«

»Hat deine Mutter dich darum gebeten? Ich habe den Eindruck, dass du mehr machst, als ein bisschen Ordnung schaffen. Ich habe gehört, du fährst zum Markt. Du lässt die Hühner raus. Weißt du denn noch, wie das alles geht?«

»Möchtest du was trinken?«

Der Onkel bejaht. Sie verlassen das Arbeitszimmer, steigen die Holztreppe hinab und setzen sich in die Küche. Die Urne steht auf der Arbeitsfläche, zwischen einer Unzahl von Saucen in Einmachgläsern und leeren Keksschachteln. Wahrscheinlich ist es ziemlich dreckig. Der Abwasch ist nicht gemacht: Das Spülbecken zieht sie runter. Dort stand ihre Mutter immer am Fenster und rauchte ihre tägliche Zigarette. Warum genau da? Vielleicht, um in den Abfluss zu aschen, oder weil man von dort die Berge sehen kann. Hannah mochte es, wie ihre Mutter melancholisch den Blick in die Ferne schweifen ließ.

Sie holt eine Flasche Muskateller aus dem Kühlschrank, weiß Gott wie lange die schon da drin stand, sie war jedenfalls nicht diejenige, die sie geöffnet hat.

»Und wie läuft's bei dir so?«

Ihr wird bewusst, dass sie die Frage geflüstert hat, wie sie es in manchen Räumen immer macht. Der Onkel spricht mit lauter Stimme. »Ganz gut. Geht ja nun schon ein paar Jahre so. Ich bin gut etabliert. Auf dem Hof, in der Region und auf dem Wiederverkaufsmarkt. Das läuft alles. Die Inspektoren wollen mir ans Bein pissen …«

»Die Inspektoren?«

»Gütesiegel. Kennst du nicht. Das ist ein Beruf. Deine Mutter hat ja auch schon immer gemacht, was sie wollte. Und jetzt kreuzt du hier auf. Ich hab gehört, du schreibst über Hühner. Soll das ein Reiseführer werden?«

»Ich schreibe ihre Biografien.«

»Ihre Biografien?«

»Um sie zu würdigen, und weil es die Leute zum Lachen bringt.«

»Nach allem, was ich gehört habe, wurde nicht besonders viel gelacht. Wer lacht denn über so was, die Touri-Deppen?«

»Ich.«

Hannah nippt an ihrem Glas Muskateller, der Onkel hat seins schon auf Ex gekippt. Sie sehen einander nicht in die Augen. Sie halten schön Abstand voneinander, im Rahmen der Möglichkeiten einer kleinen Küche.

»Ich helfe dir gern, falls du Fragen dazu hast, wie man einen Hof führt, weißt du.«

Der Onkel bewohnt das Grundstück direkt hinter den Hügeln. Er hält seine Tiere auf Kirschfeldern. So schlägt er zwei Fliegen mit einer Klappe: Obsternte und Fleisch. Er verkauft nicht hier, sondern exportiert, »flutet« die urbanen Märkte. Kirschfleischhähnchen.

»Ich kann mich hier auch kümmern, wenn du möchtest, der Hof ist so veraltet und saumäßig unpraktisch. Rentiert sich auch nicht. Im Grunde ist das alles nicht für Hühner gemacht, aber das weißt du ja.«

Der Onkel meint, es wäre das Mindeste, dass er jetzt den Hof bekommt. Die Großeltern hatten Évelyne alles vererbt. Er hatte ja schon seinen Betrieb, seine Kirschbäume, hatte eine gute Partie gemacht. Als die Mutter erbte, lebten Schweine, Rinder, Kaninchen und Hühner harmonisch zusammen. Alle schliefen gemeinsam und selbst ihre Rufe einten sich zu einer Melodie. Der Großvater war fasziniert von diesen Klängen. Er war überzeugt, dass die Tiere im Chor einen Schlager von damals sangen. Er nahm ein Tier von jeder Art mit auf die Märkte und verkaufte Eintrittskarten für ihr Konzert. »Bauernhofgesänge« nannte er das. Als Kind war Hannah dafür zuständig, Kundschaft anzulocken. Sie imitierte die Rufe aller Tiere und bemühte sich um einen mitreißenden Rhythmus. Ihre Spezialität: das Schwein. Sie verfügte über eine Art sonderbare Gabe oder Mutation. Ihre Mutter hatte ihr erzählt, dass sie schon als Baby und bis ins Teenageralter hinein oft im Schlaf grunzte.

Nach dem Tod der Eltern hatte die Mutter nur die Hühner behalten, für die sie eine besondere Vorliebe hegte. Sie schlachtete sie umso lieber, je mehr sie an ihnen hing. Meist hatten ihre Lieblinge irgendwelche körperlichen Auffälligkeiten, an denen sie sie wiedererkannte. Einen Krüppelfuß, eine kahle Stirn. Théodore hatte sie ja versehentlich ein Auge ausgestochen, als er noch ein Küken war und sie ihn mit einem Streichholz gefüttert hatte. Der Rest war ihr egal. Sie verkaufte nur auf einem einzigen Markt, während der Onkel neue

Vertriebswege erschloss und versuchte, seinen Bekanntheitsgrad zu erhöhen, um sich zu vergrößern. Hannah traut ihm nicht. Sie mag es nicht, wenn jemand nachtragend ist.

»Ich denke, fürs Erste komme ich zurecht.«

Der Onkel nickt, wie sie ihn schon so oft hat nicken sehen, wenn er nicht einverstanden ist. Sein Nicken zeigt an, dass er nachgibt. Bei seiner Frau macht er das genauso: Sie sagt, dass es Kirschkuchen gibt, er nickt, auch wenn er keine Kirschen mehr verträgt, seit zehn Jahren schon kriegt er davon Verdauungsstörungen. Der Onkel räuspert sich heftig, es klingt, als würde er Schleim hochziehen, doch Hannah ekelt sich nicht davor, und das beruhigt sie, er ist immer noch der Gleiche, denkt sie. Er wirft noch einen Blick auf die Urne, wie um sich von seiner Schwester zu verabschieden, dann steht er abrupt auf, will im Gehen mit der Tür knallen, doch sie ist schwergängig und knarzt lange, als würde sie seufzen, bevor sie ins Schloss fällt.

Hannah bricht ein Stück Kuchen ab und beißt hinein. Sie kaut langsam, schneidet den Rest mit einem Wurstmesser in Stücke. Der Boden ist aus Fertigteig.

V

Berg war nichts Besonderes. Er war höchstens ein bisschen pummeliger als der Durchschnitt. Hannah hat das nie als vorteilhaft empfunden. Sie mag vor allem die sportlichen Hühner, die so lange über die Wiese rennen, bis vom Gras nicht mehr viel übrig ist. Sie hat seine Biografie ein bisschen ausgeschmückt, Textbausteine wiederverwertet, darunter diesen Satz aus einer Trauerrede: »Grasen war sein Leben.« Dabei verkauft sie ihn am Ende an einen Spanier von hinter der Grenze, der sowieso nur die Hälfte versteht. Die anderen wandern mit den unverkauften Waren der letzten Wochen in den Gefrierschrank. Der Gedanke an Sushi schmerzt sie sehr, so kümmerlich und zart und ungeliebt. Selbst im toten Zustand will ihn niemand haben. Auf sein Etikett schrieb sie in hübschen runden Buchstaben: »Der hier Ruhende erweckte eher Mitgefühl denn Begierde, tausend Mal erlitt er den Tod, bevor er sein Leben ließ.«

Der Geflügelnormanne ist nicht mehr da, trotzdem hat Hannah den Stammplatz der Rojas nicht zurückbekommen, die Stadtverwaltung lässt ihn lieber leer stehen, als ihn ihr zu geben. Hannah könnte kämpfen, mit ihnen diskutieren, doch dazu fehlt ihr die Kraft. Sie sagt sich: Diesen Kampf kann ich auch anders austragen, wenn ich hierbleibe, bekomme ich den Platz schon irgendwann wieder. Sie bleibt in ihrer Enklave ganz hinten auf dem Markt und verkauft wenig. Es ist Ende November, eine stille Wüste. Die Urlaubssaison ist vorbei, mittlerweile sind sogar die Rentner weg. Das Museum hat geschlossen, da es gerade keinen einheimischen Künstler gibt, den man ausstellen könnte, und die Kneipe stinkt. Das macht keinen guten Eindruck. Trotzdem ist das Dorf urig. Das Kopfsteinpflaster ist intakt, die Stadtmauer gut erhalten, und im Sommer versammelt man sich zur berühmten Feria; die Stierkampftradition ist in der Region noch lebendig, in den umliegenden Dörfern geht man in die Arena wie in die Kirche. Hannah hat sich mehrfach davongeschlichen, um mit ihrem Onkel zu den Corridas zu gehen. Sie glaubte, dass der Toreador sein Tuch vor den Augen des zornigen Stiers schwenkte, um ihn sanft einzulullen. Der Onkel erklärte: »Er muss sterben, aber er hat Stolz. Das ist ein richtiges Tier, kein Fleisch, er lässt sich nicht demütigen.«

Als sie noch klein war, kam der Onkel alle zwei Wochen zu Besuch. Er holte sie ab, ohne es mit ihrer Mutter, mit der er kaum sprach, zu besprechen. Hannah und er erkundeten zusammen die Gegend, die vom Meer umschlossenen, schilfüberwucherten Brackwasserseen an der Küste, das Vorgebirge. Eines Tages war der Onkel mit ihr weiter gegangen als sonst. Sie hatten eine große Straße überquert, dann barfuß einen Bach durchwatet. Sie gingen in einigem Abstand, er vorneweg und sie in seinen Fußstapfen. Unterwegs, so wollte es das Ritual, wechselten sie kein Wort: Das musste warten, bis sie ihr Ziel erreicht hatten. Sie saßen einander auf einem zu spitzen Felsen gegenüber, daran erinnert Hannah sich noch gut, an den Schmerz im unteren Rücken. Er hatte gesagt: »Ich möchte dir erzählen, wie du auf die Welt gekommen bist«, und dann ergossen sich die Worte wie ein Schwall.

Die Mutter hatte sie aus einer Laune heraus bekommen. Irgendwer (womöglich sogar sie sich selbst) hatte ihr eingeredet, dass sie unfruchtbar sei. Die Diagnose machte sie krank, sie konnte an nichts anderes mehr denken, als die Medizin zu widerlegen. Es war nicht schwer, einen Kandidaten zur Fortpflanzung zu finden. Sie war einfach im Rock bei der Feria aufgekreuzt und hatte darauf gewartet, dass der Erstbeste sie ansprach. Es war ein gutaussehender Amateur-Rugbyspieler, der in der Stadt als Ingenieur arbeitete. Zu spät war ihr aufgegangen, dass das nichts für sie war, der dicke Bauch und die Übelkeit. Sie hatte keine Lust auf Geschrei und dreckige Windeln. Ein Säugling ist zwar nicht größer als ein Huhn, kann aber schreien wie zehn Tiere zusammen. Nun war sie zum Zeitpunkt dieser Feststellung aber schon im dritten Monat und es gab keinen Weg zurück, schon gar nicht in diesem Dorf, mit dieser Familie. Am liebsten wäre ihr gewesen, das Kind hätte sich die Nabelschnur gegriffen und sie sich um den Hals geschlungen. Sich damit aufgehängt. Tag und Nacht hatte sie es angefleht, hatte wilde Verrenkungen angestellt, damit es zu wachsen aufhörte und endlich darauf kam, nach dem bereitliegenden Strick zu greifen und gar nicht erst zur Welt zu kommen.

Doch Hannah wurde trotzdem geboren. Die Mutter fand sich damit ab.

Der Onkel war als Vater eingesprungen. Jetzt will er sie nicht mehr hier haben. Sein Kuchen liegt ihr schwer im Magen.

Haltung zu bewahren, wenn man allein am Stand steht, ist schwer. Man darf an nichts Bestimmtes denken, den Blick auf einen imaginären Fixpunkt gerichtet. Sie ist versucht, ihr Handy herauszuholen und Candy Crush zu spielen, sich hinzusetzen; sie harrt in aufrechter Position aus. Das ist der Preis, den man zahlen muss, damit die Kundschaft weiß, dass sie erwartet wird. Da muss man sich nur den gewandten Nicolas anschauen. Er fängt die Leute mit einem Blick ein, klopft ihnen auf die Schulter um ihnen zu versichern, dass sie bei ihm richtig sind. Nicolas hat schöne, Vertrauen erweckende Hände mit fünf kräftigen, robusten Fingern. Sie sind braun genug, um von täglicher Arbeit zu zeugen, und dennoch jugendlich. Das ist Hannah in der Kneipe aufgefallen. Ihre eigenen Hände sind hässlich, spröde und gerötet, wie Schweinehaut. Ihre Handlinien kreuzen sich auf sonderbare Weise, sie hat zu viele davon, unnütz viele.

Sie textet mit Louis, damit sie masturbieren kann. Das ist ein ziemlich dürftiger Ersatz für menschliche Nähe, aber es reicht ihr. Sie braucht den Orgasmus, um Spannungen abzubauen. Louis unterstützt sie gern. Er schickt ihr ohne Murren Bilder von seinem Körper. Die Perspektiven sind wohldurchdacht, er hat ein gutes Gefühl für Komposition. Das kommt von seinem Beruf. Architekten, da ist sich Hannah sicher, geben hervorragende Fotografen ab, da sie ununterbrochen Aufnahmen von ihren Baustellen machen. Doch statt eines Gebäudes einen Körper in Szene zu setzen, erfordert eine andere Art von Talent. Aus der Froschperspektive kommt Louis' muskulöser Körper nicht zur Geltung. Doch Hannah erinnert sich daran, dass sie ihn schön findet, mit seiner schüchternen Art und den langen Beinen. In der Bar, in der sie sich kennengelernt haben, hat er eine Flasche Get27-Pfefferminzlikör für sie geklaut. Er sagte: »Nicht petzen«, und schüttelte ihr die Hand.

Er hatte nur vier Finger. Der Mittelfinger fehlte. Hühnerfüße, war ihr durch den Kopf gegangen. Eine Schockwelle war durch ihren ganzen Körper gefahren, eine unendliche Lust auf Sex mit seinen Fingern, sie sollten sich auf sie legen, in sie eindringen. In Wirklichkeit ähneln seine Hände eher fächerförmigen Entenfüßen.

Hannah antwortet nie mit einem Foto von sich. Manchmal schickt sie ihm Schnappschüsse von Hühnern, die vor dem Fernseher oder draußen auf den Bäumen sitzen. Die Fotos sind ein Trick, ihn in ihr Leben einzubinden. Louis baut noch immer an seinem Haussmannschen Prachtbau in Dubai. Er kennt das Land nur von Google Maps. Das kommt immer häufiger vor, erklärt er ihr. Man macht alles remote, das kostet weniger. Die Baustelle läuft nicht, es gelingt ihm nicht, die Sache unter Kontrolle zu bringen, das Projekt sprengt das Budget und das beunruhigt ihn. »Weißt du, wenn da irgendwas nicht stimmt, bin ich derjenige, der rechtlich die Verantwortung trägt.« Der Wortfluss zwischen ihnen ist routiniert und eingespielt. Hannah fallen ein paar sonderbare Wendungen auf, sie könnte schwören, dass er sich früher nicht so ausgedrückt hat. Am Telefon machen die Sätze manchmal Verwandlungen durch. Die von Hannah klingen klein und unzureichend. Sie spürt, wie die Entfernung sanft an ihnen zehrt. Wenn sie sich mehr auf das Gespräch einlassen würde, wenn sie sich vorstellen würde, wie Louis seine Abende verbringt, könnte sie sein Leben nachvollziehen. Das möchte sie nicht.

Eines Tages schickt er ihr statt eines Fotos eine seitenlange Nachricht, in der er sie drängt, nach Hause zu kommen. Er fragt sie: »Warum bist du bei ihnen und nicht bei mir? Glaubst du, sie brauchen dich?«

Die Frage trifft sie und lässt sie nicht los. Die ersten Nachtstunden sind lang. Ihr scheint es, als würde nie wieder die Sonne aufgehen. Sie fühlt sich wie in einem Cartoon, wo es nur auf die Katze regnet, die von einer Regenwolke verfolgt wird. Da kann die Katze sich noch so sehr wehren, sich sonstwelche Finten einfallen lassen, das bringt alles nichts: Der Regen hängt an ihr, stellt ihr nach wie ein Monster. Hannah könnte die Hühner sich selbst überlassen und es würde nicht viel ändern.

Wenn sie bleibt, muss sie ihnen etwas Neues bieten.

Um drei Uhr morgens hat sie eine Idee. Sie steigt aus dem Bett und greift sich alle Schnapsflaschen, die sie finden kann, und außerdem das alte Radio ihrer Mutter. Sie schaltet das Licht im Hof ein, steckt die Lampen aus dem Haus in die für die Wartungsgeräte vorgesehenen Steckdosen, als dämmerte ein elektrischer Tag, als wären sie in der Disko. Sie dreht das Radio bis zum Anschlag auf, ein alter, jazziger Hit läuft. Sie gießt eine ganze Flasche Whisky in die Tränken.

Die Hühner öffnen die Augen und gackern. Sie denken, es wäre Morgen. Hannah läuft zwischen ihnen herum, scheucht sie auf, wackelt mit den Schultern im Takt. »Bewegt euch«, ruft sie ihnen zu. Diese symbolische Schwelle hatte sie bisher nicht zu übertreten gewagt. Tieren Befehle zu erteilen ist unsinnig: Sie sprechen nicht dieselbe Sprache, die Hühner können ihre Worte genauso wenig verstehen wie Hannah ihr Gackern. Nun ist ihr das egal, sie will Lärm machen. Auf sie einwirken. »Los jetzt, ihr verrückten Hühner, wir amüsieren uns!«, »Raus mit euch, draußen ist Nacht, wisst ihr eigentlich, wie das aussieht? Die ganzen Sterne da oben?«

Die Hühner haben Durst, sie stürzen sich auf die Tränken und verleiben sich mit kleinen Schlucken den Whisky ein, gackern lauter, finden den Geschmack mit Sicherheit scheußlich, trinken aber aus Gewohnheit weiter. Zunächst scheinen sie den Alkohol gut zu vertragen, das Gleichgewicht lässt vielleicht ein bisschen nach, aber k. o. sind sie nicht. Claro hat Schluckauf, sein kleiner Körper hebt sich mit jedem Mal, der Kopf wackelt, hicks, der Hals wird schlaff, hicks, der Kopf kippt weg. Der letzte Schluck ist für Nick. Sie ahmt ihn nach, macht sich liebevoll über ihn lustig: »Komm, ein Schlückchen noch.« Sie irrt zwischen ihnen umher, als wäre es ein Tanz. Ihre Gelenke knacken.

Sie hätte ein Glas voll für sich selbst übrig lassen sollen, um mit ihnen anzustoßen, von Mund zu Schnabel. Richtige Schluckspechte sind das. Die Hühner entfernen sich von der Tränke, drehen sich um, sie wollen mehr. Sie schwärmen auf die Wiese aus, picken und laufen wieder zurück. Ihre Stimmen erheben sich zu einer Kakophonie, die wie Ska klingt, sie schwanken, sinken ins Gras, haben jede Orientierung verloren und glauben wahrscheinlich, dass sie auf Wolken laufen.

Gervaise

Im Winter zur Welt gekommen, hat sie von Geburt an gehumpelt, ihr rechtes Bein war verkrümmt und abgemagert, ein ererbtes Abbild der Grausamkeiten, die ihre Mutter in einer Stunde heftiger Kämpfe erleiden musste. Sie war von großem, schmalem Wuchs und hickste manchmal wie betrunken. Sie hatte ein hübsches kleines Mondgesicht, die Behinderung verlieh ihr beinahe einen besonderen Reiz.

Lolita

Einhunderteins Tage und einhundertzwei Nächte lebte Lolita ein freies und glückliches Leben. Sie rannte schneller als die Menschen, schneller als die Tramontane, als wollte sie dem Schicksal davonlaufen. Lolita lebte selbstbestimmt und stolz, selbst als der Alkohol unter ihrem Gefieder strömte, tat sie, was ihr gefiel und nahm alles, was das Leben zu bieten hatte, freudig hin, strahlend und schön, weshalb sie schmerzlich vermisst werden wird.

Zelda

Zelda war blind für die Liebe, die ihr zuteilwurde, und es schien, als hätte das Rot ihres Schnabels auf ihre Persönlichkeit abgefärbt. Zelda war der blanke Zorn, und sie ließ keine Gelegenheit zum Kampf aus. Sie verlor ein Auge an eine der Katzen vom Nachbarhof, ein Tier, das jedem Klischee über seine Gattung mehr als gerecht wurde – durchtrieben, arglistig, eine Kreatur, der man misstrauen muss. Tatsächlich tat diese Behinderung ihrer Beliebtheit keinen Abbruch, ganz im Gegenteil. Nur auf dem linken Auge sehen zu können, ließ sie während der letzten Wochen ihres Lebens im Kreis laufen und auf die Grashalme losgehen. Diese andauernde Ertüchtigung erschöpfte sie jedoch nicht, sondern machte sie zu einem der sportlichsten Hühner des Betriebs.

VI

Zebra geht mit gutem Beispiel voran. Vorsichtig wagen sich acht kleine Hühner ordentlich aufgereiht über die Grenzen der Wiese hinaus. Im Takt geht es vorwärts, als hätten sie sich abgestimmt, ein Schritt nach dem anderen, als liefen sie über rohe Eier. Claro, der Anführer der kleinen Herde, bildet die Nachhut. Sie dringen auf das Grundstück der Fresses vor, bis sie zu einem toten Baum gelangen. Er wurde vom Blitz getroffen, doch bislang hat es noch niemand über sich gebracht, ihn zu entwurzeln. Myrtille steigt in den hohlen Stamm. Hannah tut so, als hätte sie das nicht gesehen. Sie schließt die Augen und zählt laut bis fünfzehn, dann stürzt sie sich auf Myrtille und ruft: »Hab dich!«

Hannah denkt sich ununterbrochen neue Abenteuer für die Hühner aus, lässt ihnen Massagen angedeihen, tobt mit ihnen herum. Manchmal stößt sie einen lauten Schrei aus und amüsiert sich über ihren Schreck. Noch größere Befriedigung verschafft es ihr, sie froh zu sehen. Sie schaut gern Filme mit ihnen. Das erfordert besondere Organisation, man muss erst das Video einlegen und dann die Hühner umgruppieren: Vor einem schwarzen Bildschirm halten sie nicht still. Sie lädt auch Filme aus dem Internet runter – Animationsfilme, weil sie meint, dass so etwas am ehesten ihrem Geschmack entspricht –, und setzt sich auf ihren alten Kinderplatz. Die Hühner verfolgen die Vorführung aufmerksam. Sie würde gern die Dialoge übersetzen, wie ihre Mutter es immer getan hatte, doch dafür fehlt es ihr an Vorstellungskraft. Sie trinkt mit ihnen, meistens Alkoholisches. Einmal serviert sie ihnen sogar das Hackfleisch von Heidi, einer der Legehennen. Gierig essen sie alles auf, und Hannah hat Schuldgefühle, weil sie die Hühner gegen ihren Willen zu Kannibalen gemacht hat.

Sie wurde gezähmt: Erfüllt von Zärtlichkeit sieht sie zu, wie sie scharren, sich um einen Wurm streiten und die Schnäbel kreuzen. Ihr eigenes Leben erscheint ihr heller. Sie gönnt sich sogar ausgefallenere Unternehmungen: Einmal nimmt sie Claro und drei andere auf eine Spritztour mit. Sie gackern. Sie hat sie nicht angeschnallt, damit sie die zerlöcherte Straße spüren. Hannah drückt aufs Gaspedal. Ihre Körper legen sich in die Kurven, der von Sac, der am nächsten am Fenster sitzt, schwankt gefährlich. Seine Haltung ist ungünstig, seine Läufe fragil, manchmal kommt er schon auf ebener Erde ins Straucheln. Jetzt kippt er um. Ein düsteres Lied läuft. Das passt nicht zur Landstraße, das ist Musik für die Autobahn, wo man geradeaus prescht. In der letzten Kurve vor der Stadt geht Hannah voll in die Eisen und Sac knallt heftig gegen die Wagentür. Seine Läufe geben nach, sein Schnabel splittert, sein Herz bleibt stehen.

Sac war anfällig und abenteuerlustig zugleich, seine Haut zart.

Das schreibt sie auf sein Etikett, bevor sie ihn vakuumverpackt zum Markt trägt. Sie wird ihn verkaufen, auch wenn es ihrer Überzeugung widerspricht, jemandem einen auf natürliche Weise gestorbenen Körper vorzusetzen. Das bringt Unglück.

VII

Die Kunden haben genauso wechselhafte Persönlichkeiten wie die Hühner. Man muss sich auf sie einstellen. Die Fähigkeit zur Sprache birgt allerdings zusätzliche Unwägbarkeiten: Hannahs Gesprächspartner auf dem Markt verhandeln gern. Verhandlungen sind eine Art, ein Tauschgeschäft einzuleiten. Die Alten wollen immer Genaueres wissen. Das ist ihre romantische Seite. Hatte dieses Hähnchen Gefühle? Was hatte es denn am liebsten, Streicheleinheiten oder Körner? Ist es auch ohne Leid gestorben? An einem Mittwoch nimmt eine gepflegte Dame Hannah in die Mangel, sie will wissen, ob das Hähnchen Kinder hatte. Ihre Augen füllten sich mit Tränen. Hannah antwortete geduldig: Die Hähnchen sind Jungtiere, sie werden höchstens sechzehn Wochen alt und erreichen nicht die Geschlechtsreife. Die Dame ging, ohne etwas zu kaufen. Hühner sind keine Haustiere, es ist müßig, von ihnen Zuneigung zu erwarten.

Als zwei Kinder vor ihrem Stand stehen bleiben, ahnt Hannah, dass Ärger bevorsteht. Sie kommen aus einem der Nachbardörfer und betatschen die Hähnchen, drücken ihre sabberigen Münder auf die toten

Tiere. Sie weiß, wer die Eltern sind, die Zugezogenen, die 30-Euro-Wein für die Japaner produzieren. Sie verkünden: Sie wollen die Hälfte von Plappermaul. Hannah lehnt ab. Ausgeschlossen, dass sie das Tier durchschneidet. Was sie denn bitte mit einem halben Hähnchen zu tun gedächten, wollte Hannah wissen, sie könne ihnen stattdessen den Kopf, den Schnabel oder die Innereien anbieten? Eines der Kinder, und zwar nicht das kleinere, beginnt bei der Erwähnung der Gedärme zu heulen. Hannah ist ein wenig genervt, noch während die Schluchzer wirkungslos verklingen, hört sie ganz in der Nähe ein Lachen. Es ist ein echtes Lachen, brachial und fröhlich, aus vollem Hals, und seine Kraft lässt sogar das heulende Kind verstummen. Der lachende Mann hält Brutus in der Hand. Brutus war ein herausforderndes Hähnchen. Hannah weiß noch, dass der erste Satz wie folgt lautet: »Hier ruht Brutus, ein geachtetes Hähnchen, das Macht als so bedauerliche wie unabdingbare Tatsache kultivierte, ohne sich je der Natur zu unterwerfen.« Ungläubig mustert Hannah den Mann, der ihn sich gegriffen hat. Er ist sonderbar lang und knochig, der Hals gestreckt, wie um zwei nicht zusammenpassende Teile zu verbinden, der Schädel kahl, das Gesicht von zwei tiefbraunen Augenringen gezeichnet. Er trägt eine Feldjacke, die an den Ellenbogen abgewetzt ist. Er passt nicht auf den Markt. Diese Eindrücke können sich nicht festigen, da der Blick des Manns von den Biografien zu Hannah wandert, von Hannah zu den Biografien, und dann platzt er heraus: »Wie sind Sie denn darauf gekommen?«

Sein Tonfall ist so lebhaft, passt so gar nicht zu seiner roboterhaften Körpersprache, dass Hannah ganz anders wird. Sie ist vollkommen überrumpelt. Sie stammelt.

»Einfach so.«

»Das ist wirklich genial. Ich würde Ihnen gern die Hand schütteln.«

Hannah streckt die Hand aus und ihr Ellenbogen knackt.

Der Mann heißt Fernand Rabatet. Das steht auf der Visitenkarte, die er ihr überreicht. Er sagt noch einmal, diesmal leise, wie zu sich selbst: »Das ist genial, ganz fantastisch«, und Hannah errötet. Sie kann mit Komplimenten wenig anfangen. Ihre Mutter lobte höchstens Fleisch, und Louis preist nur Gebäude.

»Das ist ja eine richtige Entdeckung, Ihr Hähnchenstand. Ich bin zufällig vorbeigekommen, und dann das ...«

Sein Blick senkt sich wieder, wie magisch angezogen von den Texten. Er liest einen Augenblick lang.

»Wir haben meinen Bruder, also den kleinen, immer Brutus genannt. Die Biografie passt gut zu ihm. Er ist auch tot. Ihre Worte sind treffender als seine Grabinschrift. Damals fehlte uns die Inspiration ... Wir hätten Sie anrufen sollen.«

Mitten auf dem Markt ist eine Vertraulichkeit entstanden. Hannah weiß nicht, wie sie damit umgehen soll. Sie nuschelt: »Meine Mutter hat ihre Hühner oft Hannah genannt, wie mich, manchmal auch Hanno oder Hanne. Wenn sie mir ähnlich sahen.«

Der Mann nickt. Ihre Blicke kreuzen sich. Das hat Hannah schon lange nicht mehr erlebt. Die Tiere sehen sie nur selten an. Ihr Herz schlägt schnell, so schnell wie das eines Huhns.

Der Mann kommt aus der Stadt, derselben wie sie. Das rührt Hannah, sie würde gern fragen, wie es den Straßen geht, ob sich etwas verändert hat, ob es Baustellen gibt, irgendwo wird ja immer gebaut. Sie überlegt sogar kurz, ihm ein Foto von Louis zu zeigen, von seinen vier Fingern, und zu fragen, ob er ihn vielleicht irgendwo gesehen hat. Stattdessen bleibt sie reglos stehen. Auch Fernand verstummt, er kauft ihr alle Hähnchen ab, ein halbes Dutzend, als wären es Eier. Er drückt erneut ihre Hand, um den Kauf zu besiegeln, und sagt, dass er auf jeden Fall wiederkommt. Hannah hofft, dass es stimmt.

Bei ihm sind die Hähnchen sicher in guten Händen. Er wird sich, während er sie verdaut, an ihre Namen erinnern. Sie würde ihm gern beim Essen zusehen. Sich ihm gegenübersetzen und ihn beobachten, wie er die Knochen ablutscht.

Sie schreibt Louis eine Nachricht: »Ich spüre, wie eine abgerissene Verbindung neu entsteht. Meine Arbeit hat einen Sinn.«

Er antwortet nicht.

Claro hat das Alter für die Exekution erreicht. Seit dem Tod der Mutter ist der Lebenszyklus eines Huhns vergangen, es kommt Hannah seltsam vor, dass sie unbewusst einem ganzen Tierleben beigewohnt hat. Das schwächliche Küken war Zeuge ihrer Ankunft auf dem Hof, hat alle ihre Ersten Male miterlebt. Er ist das Symbol dieser Phase. Ob sie ihn selbst essen sollte? Zählt es, ein Tier zu essen, dass man selbst aufgezogen hat? So oder so darf seine Exekution kein banales Ereignis sein. Im Schlafzimmer ihrer Mutter dankt sie ihm für seine Anwesenheit, seine Lebensfreude und seine Folgsamkeit. Was die letzten Worte angeht, so begnügt sich Claro mit einem langsamen Fiepen, als wäre er dem Ganzen schon sehr entrückt. Es klingt wie ein Einverständnis, ein Komme was wolle. Also nimmt sie ihm mit geschlossenen Augen das Leben, auf dem Bett, mit einem eigens zu diesem Zweck neu gekauften Schlachtmesser. Wenn sie die Augen geschlossen hält, ist es, als trüge sie keine Schuld. Hannah entfährt trotzdem ein Schrei, als sie seine Halsschlagader öffnet. Sie hatte vergessen, dass sie sentimental sein kann.

Andächtig trägt sie den Leichnam über die Wiese. Die Hühner sind still. Unter dem großen Baum angekommen, kniet sie sich hin und beginnt zu graben, bohrt ihre Fingernägel in die Erde. Sie legt Claro in das Loch und schüttet es wieder zu, küsst lange die Erde, legt dann einen Stein auf die Grabstelle. Im Anschluss exekutiert sie Nick, Queeny und zwanzig andere schön fette Hühner.

Zum ersten Mal ruft sie stolz über den Markt: »Gute Hühnchen aus guter Haltung«, und schon kommen die Leute, nehmen die Körper abwägend in die Hand, lesen die Biografien und scheinen sie zu mögen. Die anderen Händler werfen einander aufgebrachte Blicke zu: Wer hat ihr erlaubt, derart viel Schall in den Raum zu werfen? Außerdem ruft sie: »Hühnchen mit Namen und Biografie!«

Nicolas wirft ihr einen vernichtenden Blick zu, als wollte er ihr befehlen, gefälligst die Klappe zu halten. Sie hat das Gefühl, im Recht zu sein, doch man bringt ihr kein Stück mehr Toleranz entgegen als am ersten Tag. Daran ändert auch der Erfolg nichts, genauso wenig ihre Komplizenschaft mit den Hühnern. Sie sollte Fernand anrufen, den Mann mit dem Lachen, um für sie einzustehen, aber das wäre bestimmt kontraproduktiv. Sie verfügt über eine bessere Waffe. In ihrer Tasche ist Nick als Geschenk verpackt. Heute Abend wird sie ihn Nicolas unter dem Deckmantel der Versöhnung überreichen. In seiner Biografie hat sie einige persönliche Elemente verwendet, um ihm die gemeinsame Kindheit in Erinnerung zu rufen. Wenn Nicolas sie als eine der ihren anerkennt, werden die anderen es ihm gleichtun. Dann kann sie bei den Hühnern bleiben, ihren Menschenskindern, sich auf dem Markt integrieren, als wäre sie nie weg gewesen. Was Louis angeht, fällt ihr sicher noch etwas ein.

Die Kneipe ist fast leer, als Hannah die Tür aufdrückt. Nicolas sitzt mit aufgestützten Ellenbogen an der Bar, die rechte Schulter klebt am Oberkörper seines Bruders Tristan. Der ist auch nicht gut gealtert. Als Kind hat er immer auf dem Autofriedhof gespielt. Er stellte sich gern vor, wie es wäre, diese fantastischen Gefährte zu steuern.

Bei ihrem Anblick senken beide die Stimme. Auf dem Fernsehbildschirm über dem Tresen schwebt das Logo des Nachrichtensenders auf schwarzem Untergrund. Eine Einblendung am unteren Bildrand verkündet, dass es in der Nachbarregion einen Stromausfall gegeben habe. Die Anwohner säßen seit mehreren Tagen im Dunkeln.

Langsam geht Hannah zum Tresen. Ihre Muskeln sind verkrampft. Es fühlt sich an wie ein Vorstoß in feindliches Gebiet. Sie zwingt sich zu einem Lächeln. Die Wirtin beachtet sie nicht, mit der Konzentration einer Wahrsagerin vor der Glaskugel starrt sie in ein leeres Glas. Sie will sie nicht bedienen, trotzdem fordert Hannah mit extra lauter Stimme »einen Whisky«, was die Wirtin zwingt, ihre Kontemplation zu unterbrechen und ihr ein gefülltes Glas zu reichen. Hannah leert es in einem Zug, das wärmt, ihr Körper dehnt sich wieder aus. Sie sagt sich immer wieder: Ich habe das Recht, hier zu sein, das ist mein Dorf. Das steht sogar auf ihrem Personalausweis. Die Hühner haben daran auch keinen Zweifel.

Sie holt Nicks Körper aus ihrer Tasche. Selbst im ranzigen Duft der Kneipe riecht er streng. Hannah lässt ihn über den Schanktisch schlittern, das Plastik ist schön glatt, und werfen und stoßen konnte sie schon immer gut, sie hat sogar ein Talent für Billard. Sie wird rot.

»Hier. Ein Geschenk für dich.«

Das verpackte tote Tier bleibt vor Nicolas liegen. Seine großen Hände legen sich auf das vakuumierte Hähnchen. Er liest »Nick«, und je mehr Wörter sein Blick erfasst, desto mehr verfinstert er sich. Vielleicht hätte sie in der Biografie die Akne nicht erwähnen sollen. Nicolas stößt sein Geschenk von sich. Nick fällt polternd hinter den Tresen. Hannah durchfährt ein Schmerz, als wäre ihr eigener Körper hinabgestoßen worden.

»Das ist ja abartig.«

Nicolas macht einen Satz auf sie zu. Er riecht nach Schweiß, Alkohol und Rindfleisch. Sein Bruder Tristan weicht ihm nicht von der Seite. Die beiden sehen sich nicht besonders ähnlich, aber sie haben auch nicht denselben Vater.

»Du hast echt richtig einen an der Klatsche.«

Hannah möchte ihm erzählen, dass sie sein tierisches Double gut behandelt hat, noch besser als den Rest, er bekam eine ergreifende Hinrichtung und nur das beste Getreide, abends streichelte sie seinen Kopf, damit er sich nicht immer so fürchtete. Aber sie weiß nicht genau, ob das angebracht wäre, also sagt sie lieber nichts. Louis hat ihr schon häufiger gesagt, ihre Zunge könne auch mal Pause machen.

Nicolas hat die Fäuste geballt und kocht. Tristan neben ihm wird unruhig. Gleichzeitig gehen die Brüder auf sie los: »Hast du echt nichts Besseres zu tun? Fickst du sie, bevor oder nachdem du sie getötet hast? Hat deine Mutter dir ins Hirn geschissen?« Und dann: »Du Perverse.« Hannah bemüht sich, zu denken: Ja, diese Worte sind an mich gerichtet, auch wenn ich sie nicht verstehe. Sie zuckt mit den Schultern, nicht aus Trotz, sondern weil ihr keine Antwort einfällt. Tristan stößt vor Wut einen Tisch um, als wäre er selbst gerade beschimpft worden, sein Brustkorb schwillt an, er nähert sich Hannah, sein Nasenrücken stößt gegen ihren, ihre Stirnen kleben aneinander und sie sieht nur noch seine Augen. Ihre Pupillen sind geweitet. Um sie herum ist es still geworden und Tristans abgehackter Atem füllt den ganzen Raum aus. Als Hannah ihn kennengelernt hat, war er ein kleiner Knirps, der seine eigene Mutter heiraten wollte. Ob er sich daran noch erinnern kann? Irgendwann hatte sie ihm mal in den Fluss geschubst. Tristan packt sie am Kragen, Hannah zittert. Sein Atem geht schwer. Einen Augenblick lang denkt sie, dass er sie küssen will, so nah ist er ihr, aber dann ballt er die Faust, holt aus, schaut seinen Bruder an, der zustimmend nickt, und schlägt zweimal zu, zwei heftige Schläge aufs rechte Auge. Hannah sackt zusammen, geht in die Knie. Fällt um. Tristan und Nicolas stehen über ihr, sie stellt sich vor, wie sie einen Flaschenhals zum Messer umfunktionieren, ihr die Kehle aufschneiden und sie ausweiden, aber nichts passiert.

George

Raum ist die Freiheit des Geistes. Er wanderte umher, um die Grenzen der tierischen Sphäre zurückzudrängen, rannte immer schneller, bis er glaubte, man habe ihn geschnappt. Er ließ stets wachsam den Blick schweifen, um dann die Hänge seines Territoriums hinabzurasen. Sein Leben war ein wahnwitziges Eroberungsrennen, und niemand wagte je, ihm zu sagen, dass er im Kreis lief.

Brathähnchen

Nach Arcadis Verschwinden – andere Hühner einer benachbarten Wiese hatten ihn entführt, vielleicht sogar gefoltert – hielt Brathähnchen noch lange nach ihm Ausschau. Jeden Morgen hockte er sich auf die höchste Hühnerstange und suchte die Wiese ab. Arcadi wäre nie gegangen, ohne sich zu verabschieden, dessen war Brathähnchen sich absolut sicher. Er dachte an gemeinsam erlebte Momente zurück, den Tag, an dem sie gemeinsam ausgerissen waren und sich in einem hohlen Baumstamm versteckt hatten, an Arcadis weichen Schnabel, an die Körner, die sie miteinander geteilt hatten. Bald wollte Brathähnchen nicht mehr essen. Eines Morgens glaubte er, Arcadis goldbraune Federn zu sehen, dabei war bloß sein Kollege Curry in die Mauser gekommen.

Carla

Carla lebte abgeschiedenes und ruhiges Hennenleben, wenngleich sie gemein bis in die Krallenspitzen war. Sie pickte ihre Körner mit unfassbarer Langsamkeit, ihre Marmoraugen kreuzten niemals den Blick des Gegners, wenn sie sich mit gezielten Hieben, Flügelschlagen und durchdringendem Quieken verteidigte. Ihr Gefieder war außergewöhnlich weiß, was den Neid der gewöhnlichen, weniger edlen Hühner erregte. Und wenn sich Carla im Hühnerstall stets in eine Ecke zurückzog, dann nur aus diesem Grund: Mit dem Rücken zur Wand kann dich niemand hinterrücks erstechen.

VIII

Der Staub bildet eine so dicke Schicht auf dem Wohnzimmerboden, dass Hannah sich fragt, ob nicht etwa die Asche aus der Urne entkommen ist. Es wäre schade, wenn die Mutter so enden würde. Man erkennt kaum mehr das Karomuster des Teppichbodens. Mit der Fußspitze schiebt Hannah Wollmäuse unters Sofa. Ihr Blick ist ziellos. Manchmal pickt ein Huhn gegen ihre herabhängende Hand, wie um sie zu trösten. Mit einem Veilchen zum Markt zu gehen, ist ausgeschlossen. Die Touristen würden Fragen stellen, man würde sie für eine Säuferin halten oder denken, dass ihr Mann sie verprügelt. Nicht einmal Fernand, der Mann mit dem freundlichen Lachen, hätte dafür Verständnis. Vielleicht würde auch er sie meiden. Von daher ist das Schlachten und auch das Schreiben zwecklos.

Louis hebt noch vor dem ersten Klingeln ab, als hätte er mit dem Telefon am Ohr auf ihren Anruf gewartet. Sie beginnt, ihm von dem Vorfall zu berichten. So drückt sie es aus: »Gestern gab es einen Vorfall.« Louis ist aufgebracht: Er schreit. Er kann ihr nicht folgen, bittet sie, es ein zweites Mal zu erklären. Um die Schlägerei einzuordnen, erzählt sie ihm davon, dass Nicolas neidisch auf ihre Erfolge auf dem Markt ist, und erzählt sogar von Fernand Rabatet. Vielleicht beschönigt sie die Dinge ein wenig. Sie sagt auch: »Mach dir keine Sorgen.« Er kommt auf das blaue Auge und die Faustschläge zurück. Hannahs Exil sei sinnlos. Er will zu ihr auf den Hof kommen, sie beschützen.

Was würden die Hühner davon halten? Bei Katzen kommt es vor, dass sie vor lauter Eifersucht absichtlich sterben. Louis würde den Hof nach *seinen* Vorstellungen umgestalten, damit sie endlich ihr eigenes Haus haben. Nicht der Traum vom Eigenheim hat es ihm angetan, sondern die Vorstellung, ein Zuhause für sie beide zu schaffen. Nachdem sie zusammengezogen waren, sprach er oft über dieses imaginäre Haus. Seine Eltern waren früh gestorben, er hatte nie eine wirkliche Heimat. Irgendwann wird er fordern, dass sie ein Kind bekommen, das ist eine weitere Obsession von ihm, die er schon bald nach ihrem Kennenlernen entwickelte, aber immer nur auf Umwegen anspricht, nach dem Sex oder im Beisein von Freunden, sodass es nie zur direkten Konfrontation kommt. Aus seiner Perspektive sind sie im richtigen Alter, und hier wären ja noch Zimmer frei und alle Argumente in Bezug auf Platz und Großstadtlärm würden ihre Gültigkeit verlieren. Er würde sich nicht auf den Markt stellen, er ist kein Verkäufertyp. Er kann nicht lächeln, und wenn er es doch versucht, kräuseln sich seine Lippen. Die Wangen wölben sich hervor, mit einem Mal sieht er zehn Jahre älter und ganz fremd aus, als hätten sich ungeahnte Falten in sein Gesicht gegraben. Bei neutralem Gesichtsausdruck zeigen sein Mund und auch der Rest seines Gesichts nach unten, in Richtung seines

Körpers. Das gefällt Hannah, und innerlich führt sie eine Strichliste über die Male, die er gelächelt hat. Manche zählen nicht, wie das Höflichkeitslächeln, wenn er Danke sagt. Sie lässt auch das Lächeln nicht gelten, das ihr Liebesspiel einleitet, denn es verschwindet, sobald das Begehren zu ernst wird.

Die Hühner würde er nicht anlächeln.

Hannah geht auf und ab, das Telefon liegt jetzt weit weg, sodass die Wörter nur noch halb zu ihr durchdringen, Silbenbruchstücke, die sie zusammenzusetzen versucht wie ein seltsames Puzzle. Was sie versteht: »Du kannst nicht alleine da bleiben. Komm zurück. Wir haben uns seit drei Monaten nicht gesehen, das geht so nicht weiter«, und vielleicht auch: »Du fehlst mir.« Sie ist genervt von diesem Sprechdurchfall, mit dem er sie übergießt, als wüsste er, wie man mit Raubtieren umgeht, dabei war er nicht derjenige, der schon als Kind Wiesel und Ratten getötet hat. Menschliche Schädlinge sind nicht viel anders, sie wird sich allein um sie kümmern.

Wenn sie nicht mehr auf den Markt gehen kann, bleibt sie eben bei ihren Tieren, auf Augenhöhe, ohne dass die eine den anderen am Ende des Tages umbringt. Das wird ihre Bindung stärken. Ohne ihre Mutter (sie denkt: ohne Erwachsene) ist der Hof ein ideales Gelände: Mehrere Hektar Wiese und kein Mensch in Sicht. Sie könnte einen Sandkasten bauen, ein Spielhaus mit großer Leiter, einen Hindernisparcours für Hühner (mit Gemüseschalen hinter jeder Station). Sie sucht im Internet nach »Laden Spiele + Hühner« und der Algorithmus spuckt eine lange Liste mit Spielzeugküchenzubehör für Kinder aus. Nichts Passendes. Sie beschließt, den Onkel anzurufen und ihn um Rat zu bitten. Sie erwischt ihn in einem ungünstigen Moment, er räuspert sich und murmelt die Adresse eines Geschäfts, »das seltsame Zeug verkauft«.

Das Geschäft heißt *Le grand bazar* und befindet sich wenige Kilometer vom Dorf entfernt in einem nahe gelegenen Städtchen, Tribaldiou, in dem Hannah noch nie gewesen ist. Ihr Dorf funktioniert vollkommen autark. Wenn man etwas Spezielles braucht, fährt man in die Stadt, die große. Sie misstraut den umliegenden Käffern – ein Misstrauen, das von Rugby-Spielen mit gegnerischen Schulen genährt wird.

Trotzdem macht sie sich auf den Weg.

IX

Tribaldiou ist hässlich. Endlose Reihen von Häusern ohne einheitliche Architektur, zu große Straßen, kaum Fußgänger und zu viele Autos; hier sieht es aus, als wäre ihr eigenes Dorf zu schnell gewachsen. Man muss bremsen, Vorfahrt gewähren, warten. Hannah wird angehupt, als sie die Geschwindigkeit drosselt. Statt zu fluchen, entfährt ihr ein Gackern, und beinahe meint sie, die Antwort ihrer Hühner zu hören.

Der Laden ist so groß wie eine Hühnerzucht mit Käfighaltung. Hannah bleibt einen Moment lang im Eingangsbereich stehen, versucht, die Ordnung der Regalreihen zu verstehen.

Die Plastikregale erstrecken sich bis zur Decke, bilden stumpfe Winkel. Hinter einem von ihnen tritt ein Mann hervor. Sein Körper ist mager und ragt in die Höhe wie eines der Regale. Er trägt ein bis oben zugeknöpftes Hemd, wie ein Priester, ein Sonnenpriester, der in leicht gebückter Haltung auf sie zu geschlichen kommt, als wäre Hannah keine Kundin, sondern ein Eindringling.

»Kann ich Ihnen helfen?«

Es ist ihr erster Kontakt zu Menschen, seitdem ihr Auge das Mal der Schlägerei trägt. Sie nimmt sich vor, einen hartgesottenen Eindruck zu machen. Wahrscheinlich reicht es, mit Nachdruck zu sprechen, um ihn zu beeindrucken. Sie schlüpft in ihre Kundinnenrolle, presst die Lippen zusammen und sagt dann besonders deutlich: »Ich halte Hühner und suche etwas zum Spielen für sie.«

»Befürchten Sie, dass sie sich langweilen?«

»Genau. Beziehungsweise sehe ich, dass sie sich langweilen. Dem möchte ich Abhilfe schaffen.«

»Speziell fürs Hühner habe ich nichts da, obwohl das mein Lieblingsfleisch ist. Aber man kann sicher das eine oder andere zweckentfremden.«

Bei Hühnern kann der Name der lebendigen Wesen auch für ihr Fleisch verwendet werden. Das ist ein unglücklicher Zufall. Wenn Hannah sagt, dass sie Hühner hält, denken die Leute immer gleich ans Essen. Der Mann ist stolz auf seinen Witz, er ergreift Hannahs Hand, um sie zu schütteln, und verschwindet dann im Laufschritt zwischen den Regalen, wobei er sich im Vorbeigehen ein Gummihuhn schnappt.

Als Hannah schon zu zweifeln beginnt, dass er überhaupt ein Ziel verfolgt, bleibt der Mann vor einem riesigen zweigeschossigen Puppenhaus stehen. Es reicht Hannah bis zum Kinn, ein dreijähriges Kind könnte problemlos darin wohnen. Mit bunten Motiven bedruckte Gardinen hängen in den Fenstern und das Geschirr ist auf einer gerüschten Tischdecke festgeklebt. Das Licht brennt. Es gibt Platz für acht Hühner und sogar ein Badezimmer. Von einem der Fenster führt eine Rutsche hinab in einen Garten, in dem Blumen in leuchtenden Farben blühen. Sie sind den Blüten nachempfunden, die polynesische Frauen in der Werbung um den Hals tragen, weder Hannah noch ihre Hühner haben sie je in echt gesehen.

Der Mann lächelt nun breit, seine Augen funkeln. Er stellt das Spielzeughuhn in das Haus, lässt es die Rutsche hinunterrutschen und lacht laut, als hätte er gerade seine erste Runde im Karussell gedreht.

»Sie könnten einen Wasseranschluss in eines der Bäder legen, damit die Hühner sich frisch machen können.«

Hannah greift sich das Spielzeug, lässt den wabbeligen Körper durch die Zimmer des Puppenhauses spazieren. Das Huhn schaut mit seinem langen Gummihals aus dem Fenster, ein Knaller. Der Verkäufer hält sich die Nase zu, um eine Tierstimme nachzuahmen.

»Es ist so schön hier! Am liebsten schaue ich aus dem Fenster, aber meine Halterin hat gesagt, ich soll das Bett machen, Schluss mit der Kontemplation.«

Hannah erweckt das Spielzeug zum Leben, lässt es mit dem Schnabel an der Bettdecke zerren, doch Schnäbel sind nicht so praktisch wie Finger, weshalb Hühner im Haushalt nicht zu gebrauchen sind. Der Verkäufer nimmt es Hannah aus der Hand, lässt es die Treppe hinabsteigen und im Wohnzimmer herumtanzen. Es bewegt sich noch ungelenker als die echten Hühner. Der Mann ist ein guter Puppenspieler. Die Sache ist beschlossen.

Die Sonne versinkt bereits hinter den Bergen. Der Rückweg ist nicht lang, sie fährt vorsichtig, nun da das Licht abnimmt, die Kurven sich um die Leere schlängeln.

Hannah parkt vor dem Bauernhaus, folgt den Reifenspuren, die von vielen Jahren kommender und gehender Autos zeugen. Sie will hineingehen und sich hinlegen, doch dann hört sie die Hühner leise gackern und im Gras rascheln. Abends murmeln sie beinahe. Sie sind allein im Dunkeln. Das hätte die Mutter niemals zugelassen, die Tiere brauchen dich, betrachte sie als deine Arbeitskräfte, Hannah.

Trotz der Dunkelheit sind sie nicht eingeschlafen. Wie soll sie die Hühner nun in den Stall bekommen? Diejenigen, die ausgeschwärmt sind, werden die Nacht mit ziemlicher Sicherheit im Freien verbringen. Hühner können sich ausgezeichnet tarnen.

Hannah holt ihr Handy raus und schaltet die Taschenlampenfunktion ein, das Licht ist nicht besonders hell, kaum mehr als ein blasser Schimmer, ein kreisrunder Fleck, der unter den unberechenbaren Böen der Tramontane zittert. Sie würde den Hühnern gern das neue Häuschen zeigen, ihnen von dem Huhn erzählen, das sie ihnen außerdem mitgebracht hat – der Verkäufer hat es ihr geschenkt –, doch sie will die Überraschung nicht verderben, sie weiß, dass sie zu ungeduldig ist. Als Kind hat sie nie so hochwertiges Spielzeug bekommen.

Das Gras erscheint im Lichtstrahl neongrün. Sie geht auf die Wiese und ruft regelmäßig nach den Hühnern, damit sie sich nicht erschrecken: »Kommt, ihr Kleinen … kommt rein, es ist kalt!« Und kalt ist es tatsächlich, sie ist schon ganz verkrampft. Die Hühner kommen nicht. Vorsichtig geht sie weiter, damit sie nicht versehentlich auf eines drauftritt, ein beherzter Schritt und es käme zur Katastrophe. Sie geht noch ein Stück weiter. Die Wiese erscheint ihr viel weitläufiger als im Tageslicht. Die Tramontane fährt ihr eiskalt unter den Pullover.

Auf Höhe der Platane, die das Zentrum der Wiese markiert, erscheint ein roter Fleck, rund und dick. Hannah kniet sich hin, scharrt die Erde auf, gräbt die Nägel hinein. Das Rot bleibt an ihren Fingern kleben. Das ist Blut, noch frisch, der Geruch ist ihr vertraut, nach kaltem Metall, Tod, Gewalt, und sein Anblick hier draußen mitten auf der Wiese, mitten im Dunkeln, auf diesem Hof, wo niemand ist außer ihr und ihren Hühnern, lässt sie schaudern. Nervös reibt sie sich die Hände, als wollte sie es verschwinden lassen, ihre Ärmel sind schon ganz fleckig, voller Rot, und Hannah fühlt sich schuldig, als würde die Farbe sie zur Mörderin machen. Sie denkt an all die Hühner, die sie getötet hat, vielleicht wird nun ihr die Kehle durchgeschnitten, und als sie etwas Spitzes im Rücken spürt, verliert sie das Gleichgewicht und krümmt sich weinend zusammen. Es ist bloß Dalia, die sie sanft mit dem Schnabel zwickt. Sie streicht ihr über den Kopf, Dalia wirkt verängstigt, schlägt mit den Flügeln. Hannah fragt sie leise: »Was ist passiert?«, doch sie gibt keine Antwort, pickt nur weiter nach Gras, bewegt sich zum hinteren Teil der Wiese, in Richtung der Weinfelder von Familie Fresse. Hannah geht ihr nach, richtet die Handylampe auf sie. Sie will sie nicht aus den Augen verlieren.

Nach ein paar Metern bleibt Dalia in der Nähe einer Gruppe lebendiger Hühner stehen, die ungerührt picken. Aus Lucs Schnabel baumelt der abgerissene Hals eines anderen Huhns wie eine Pommes mit Ketchup. Hannah schreit. Sie lässt den zitternden Lichtkegel ein wenig weiter wandern, bis er ein weiteres Huhn ohne Kopf erfasst. In den Flügeln scheint noch Leben zu stecken, als wollten sie den Kadaver aufrichten. Hannah nähert sich vorsichtig, als könnte der verstümmelte Körper ihr an den Hals springen. Er ist noch warm. Hannah berührt ihren eigenen, unversehrten Hals.

Die Kadaver sind über die Wiese verstreut. Alle zerstückelt und rot. Glieder, winzig und vereinzelt, liegen im Gras. Ein kleiner Kopf mit hervortretenden Augen taucht vor ihr auf, noch immer hübsch, mit stolz aufgerichtetem Kamm, ein Bein mit geballten Krallen, wie eine Kinderfaust, und dann ein Herz. Es scheint noch zu schlagen. Das sind die Überreste von Victoire. Der lebhaften Victoire, die nichts so sehr liebte, wie sich im Futtertrog zu schütteln. Hannah drückt den zum Puzzle gewordenen Körper an sich. Ihre eigenen Organe zwicken, sie stößt bitteren Speichel auf. Sie könnte die Hühner wieder zusammennähen, die Bruchstücke ihrer Körper neu zusammensetzen. Sie könnte schreiben: »Hier ruhen die durchmischten Überreste von Victoire und Fasania, die gemeinsam aufgefunden wurden, die Köpfe dicht gedrängt. Victoire und Fasania, die einem Attentat auf ihrer Wiese zum Opfer fielen. Sie sollten das Puppenhaus nie zu Gesicht bekommen.«

Sie sammelt reihum die Kadaver ein. Die Köpfe wurden von den Hälsen abgetrennt, die Hälse und Läufe vom Leib. Jedes Körperteil scheint seinen eigenen Weg eingeschlagen zu haben. Vor lauter Wut schnappt sie sich ein Huhn, das noch seine Runden dreht, und zertrampelt es. Sein Körper leistet keinerlei Widerstand, er krümmt sich, fällt in sich zusammen und zerbricht, dann ist Hannah blutverschmiert wie die Wiese.

Draußen ist es sehr kalt geworden.

Sie sammelt alle Leichenteile ein, die sie finden kann, und macht damit das vom Mörder sorgfältig ausgelegte Muster unkenntlich.

X

Werden Hühner von einem Raubtier bedroht, können sie ungewöhnliche Verhaltensweisen an den Tag legen: Flucht, Angststarre, Warnrufe … haben sie ihren Namen gerufen?

Sie wird den Blutgeschmack im Mund nicht los. Hannah versucht, ihre Angst zu ersticken, indem sie ausatmet, ihr Atem ist warm. In ihren Träumen bricht sie in einen benachbarten Hof ein, vielleicht den von Nicolas, und bringt sämtliche Kühe um, indem sie ihnen blaue, überreife Kirschen zu fressen gibt. Sie bleiben ihnen im Hals stecken, sodass sie keine Luft bekommen. Die Rinder sinken zu Boden, ins Gras, und es klingt wie eine auf Beton zerspringende Vase.

Am Morgen drängen sich die Überlebenden des Massakers dicht in der Nähe des Stalls zusammen und gackern leise. Ihre Emotionen sind greifbar. Hannah würde sich gern zu ihnen gesellen, sich an sie schmiegen, neben ihnen im Gras liegen, trotz der Steine. Ihnen sagen: Ich bin eine von euch, ich leide auch. Mit ausgestreckter Hand geht sie auf sie zu, würde eines der Hühner gern streicheln, doch sie weichen zurück. Spin zeigt ihr seinen Schnabel wie ein Schwert. Sie verwehren es ihr, sich zu nähern. Ist es möglich, dass sie Hannah für die Schuldige halten? Sie kennen ihren Geruch, ihre Stimme, ihre Bewegungen. Ihre Exekutionen haben nichts von einem Massenmord. Sie liebt die Hühner, sie würde ihnen gern versprechen, dass sie sie niemals mit einer Machete in der Hand blindlings in die finstere Nacht führen würde.

Doch die Hühner wollen davon nichts wissen. Sie haben sich versammelt, um die Toten zu beweinen, und lassen sie an der Zeremonie nicht teilnehmen.

Man muss ihnen Zeit geben, damit die Wunden heilen können. Sie trösten.

Hannah macht sich an die Arbeit. Sie holt die Werkzeuge ihrer Mutter und fügt die Bretter des Puppenhauses zusammen, verschraubt und vernagelt es. Der Aufbau ist schnell erledigt. Alles passt zusammen, die Rutsche rutscht. Die Hühner, die zunächst teilnahmslos wirkten, werden nun aufmerksam, nehmen das rosa Plastik und die falschen Blumen unter die Lupe. Manche von ihnen, das weiß sie, sind über alle Maßen neugierig und erpicht auf alles Unbekannte. Sie werden schon kommen. Galice ist der Erste, der sich aus der Gruppe löst, und sich zu dem neuen, wuchtigen rosa Objekt vorwagt. Curzio gackert, fordert ihn zum Stehenbleiben auf, hält ihn für verrückt. Doch Galice hört nicht auf ihn, stur geht er weiter, den Blick starr nach vorn gerichtet. Als er am Fuß des Puppenhauses angekommen ist, pickt er mit dem Schnabel danach, wie um seine Konsistenz zu prüfen. Er wirkt enttäuscht: Es ist nichts zum Essen. Also schnappt Hannah sich ihn, um ihn die Rutsche hinunterrutschen zu lassen, ihm begreiflich zu machen, dass es um das Spiel geht.

Damit ist das Eis gebrochen. Interessiert kommen nun auch die anderen angelaufen, und Hannah macht mit jedem Überlebenden einen persönlichen Rundgang.

Den ganzen Tag lang haben sie zusammen Spaß. Ein Prozess der Resilienz ist hier im Gang. Doch obwohl sie meint, in ihren Augen so etwas wie Heiterkeit zu erkennen, ist sie unruhig. Sie ist ihrer Aufgabe nicht gerecht geworden, hat ihre Hühner nicht beschützt. Sie ist noch keine drei Monate hier, und schon ist von ihrem Erbe nichts mehr übrig. So deutet sie den Vorfall: als gescheiterte Übergabe.

Sie müsste den Schuldigen ausfindig machen und ihm die Gewalt heimzahlen, ihm den Hals durchschneiden. Doch Hannah fehlt jeder Anhaltspunkt. Jedes Mal, wenn ihr ein Name in den Sinn kommt – Nicolas, der Onkel, Louis –, sagt sie sich: Nein, so etwas würde er nie tun, und vielleicht war es ja auch ein Tier, ein wilder Räuber. Hier in der Gegend ist es schon vorgekommen, dass Wiesel den gesunden Bestand in einem Zuchtbetrieb drastisch dezimiert haben. Die Bisswunden von Wieseln gleichen denen eines Vampirs. Die Tiere, die den Bissen nicht erliegen, sterben an einem Herzinfarkt.

Doch nur ein Mensch kann die Hühner so zugerichtet haben.

Am liebsten würde sie Louis anrufen und fragen: »Warst du das? Bist du hergefahren, um meine Hühner zu töten?« Vielleicht hatte die Eifersucht ihn dazu getrieben, ihn zum Mörder gemacht. Louis ist der Einzige, der nichts mit Tieren am Hut hat. Wenn Tiere für jemanden bloß Fleisch sind, wirkt sich das auf sein Verhältnis zum lebenden Wesen aus. Louis' Täterschaft käme ihr gelegen, aber logischer wäre es, Nicolas oder Tristan zu beschuldigen, die sie grundlos zu Boden geworfen und ihr eins auf das Auge gegeben hatten, das die beiden immer nur voller Zärtlichkeit und Mitgefühl betrachtet hatte. Vielleicht war es auch der Onkel mit seiner stummen Brutalität, der sich, ruhig nickend, grässliche Massaker ausdachte. Wer weiß, was er da oben in den Bergen mit seinen eigenen Tieren anstellt, zwischen den neuen Bestallungen und den viel zu aufgeräumten Weideflächen? Sie stellt sich vor, wie der Onkel und Nicolas in der Kneipe über einem Glas Kirschwasser eine Übereinkunft treffen, sich das Schlachtmesser der Familie greifen, mitten in der Nacht ihre Hühner umbringen und mit den Innereien ein riesiges Kreuz legen, wie ein Verbotsschild. Hannah atmet schwer. Es ist nicht aufzulösen. Sie ist keine Detektivin. Sie gehört zu denen, die immer erst am Ende des Romans dahinterkommen, wer der Mörder ist.

Nur eines weiß sie sicher: Neue Hühner müssen her.

Ihre Mutter hatte stets die klassischen Faverolles-Hühner bevorzugt. Hannah wird sich Crèvecœur-Hühner zulegen, die hat sie sich schon immer gewünscht. »Das sind keine Hühner von hier«, hatte die Mutter eingewendet, »die kommen aus dem Norden.« Familie Fresse hatte aber trotzdem welche, und Hannah sah bewundernd zu ihnen herüber, wenn sie auf der Wiese pickten, mit ihrem roten Horn und dem langen Schopf. Crèvecœur-Hühner gibt es in schwarz, weiß, perlgrau und gesperbert, doch die schwarzen gefallen ihr besonders gut. Wenn sie erst einmal hier über die Wiese laufen, wird ihr das Herz aufgehen. Sie wird sie nach Belieben taufen, ihnen poetische Namen geben, die sie gern in den Mund nimmt. Hannah braucht Zeit für die Namenswahl. Sie würde gern der mythischen Praxis ihrer Mutter treu bleiben, der zufolge einem der Name schon beim ersten Anblick des Tiers entschlüpft, weil die Hühner schon als Küken in sich tragen, was einmal aus ihnen werden wird: große, wilde Hähne und mustergültige Hennen. Die Mutter wich niemals von den am ersten Tag gegebenen Namen ab. Nicht einmal, wenn sie sich im Geschlecht geirrt hatte: Auch das war Ausdruck der Persönlichkeit, dann war der Hahn eben eine Gertrude.

Hannah weiß, wo sie ihre neuen Hühner findet. Dort, wo die Rojas sich schon immer neue Küken besorgt haben: bei Gustave. Man hat ihr beigebracht, sich vom Tierhandel fernzuhalten, wo die Hühner mit Farbe übergossen werden, damit ihr Gefieder anziehend und seidig wirkt. Die Tiere sehen glänzend aus, doch ihr Blut ist voll von Substanzen, die ihre Lebensspanne minimieren.

Gustave lebt mit Hühnern, Frau und Kindern in den Bergen. Sie sind nicht von hier. Sie alle trinken gern, das hat die Integration vereinfacht. Eines Tages hat Gustave in der Kneipe vor allen angefangen zu weinen und gebeichtet, dass er wegen eines Unfalls hergezogen war. Eines seiner Kinder hatte im Schießunterricht einen Kameraden getroffen. Die Kugel war durch den Kopf gegangen. Gustave weinte nicht wegen des Unfalls, sondern weil er seine Berge verlassen musste. Die Erde seiner Vorfahren. Er sagte: Dort starben jene, die mich zu dem gemacht haben, der ich bin. Das ganze Dorf hatte Mitleid, und mit einem Mal lief sein Geschäft doppelt so gut. Seine Frau zog die Kinder groß und er die Hühner. Er züchtet sie in großer Zahl in Käfigen. Seine Nische ist die Auswahl: Ein Landwirt muss einkaufen können wie im Supermarkt, und die Qualität muss stimmen.

Der Betrieb besteht aus drei Hallen ohne Außenbereich, aus denen ohrenbetäubendes Tiergeschrei dringt. Die Kakophonie beruhigt Hannah nicht gerade. Sie denkt an die Stille ihrer eigenen Hühner, an ihre Trauer. Die Überlebenden warten auf sie, Hannah hat keine Zeit zu vertrödeln. Gustave empfängt sie hinter einem Tresen. Ihm ist nicht anzumerken, dass er sie erkennt. Sie sagt, dass sie hundert Crèvecœur-Hühner braucht, mehr passen nicht in den Transporter, noch jung und formbar. »Was verstehen Sie unter ›jung‹?«, fragt Gustave. Hannah zuckt die Schultern. Sie wird sich damit beschäftigen müssen, wann ihre Hühner mündig werden.

Er führt sie in Halle 2. Alles ist perfekt durchorganisiert und von Chlorgeruch durchtränkt. Die Käfigreihen erinnern an ein Gefängnis. In einem Käfig entdeckt Hannah Gruppen von Hühnern, die gemeinsam herumlaufen. Sie haben einen breiten, abfallenden Rücken, die großen Flügel liegen am Körper an, die Schenkel sind kurz. Über ihrem roten Gesicht sitzt ein Höcker, der eine Haube mit zurückgeworfenem Gefieder bildet. Alle tragen Bart. Das sieht schick aus. Die vier Krallen stehen beinahe fächerförmig ab, wie bei Louis. Sie sind schwarz, doch das macht ihr keine Angst. Im Gegensatz zu schwarzen Katzen bringen schwarze Hühner kein Unglück.

Hannah geht näher ran, um sie genauer zu betrachten, und einer der Vögel läuft auf sie zu und senkt den Kopf, man könnte es als Zeichen der Unterwerfung oder als respektvollen Gruß verstehen. Er erkennt sie als seine Herrin an. Als er einen Lauf hebt, könnte man meinen, dass er tanzen will, und Hannah bekommt Lust auf eine Runde Walzer mit ihm. Die Halle um sie herum ist verschwunden. Das Huhn hat ein irrsinniges Charisma.

Es streckt die Zunge heraus, stößt einen Pfiff aus und sie meint, ein leises »Mama« zu hören. Sofort ist ihr klar, dass das ihr neuer Charles sein wird, ihr Vertrauter. Sie wird ihn Aval taufen, sie werden einander lieben und über alles hinwegkommen.

Auf dem Rückweg hat sie immer den Tacho im Blick, um sicherzugehen, dass sie das Tempolimit auch ausreizt. Der Transporter vibriert auf der geteerten Straße, die Platanen ziehen vorüber. Als sie in die Einfahrt einbiegt, kommt das Fahrzeug ins Rutschen, die Crèvecœur-Hühner beschweren sich gackernd. Sie nuschelt eine Entschuldigung, läuft dann eilig zum Hühnerstall. Sie befürchtet ein weiteres Massaker. Doch in ihrer Abwesenheit ist nichts geschehen. Ihre Hühner hocken da wie zuvor, brav und lebendig.

Hannah will ihnen die neue Herde vorstellen, sie miteinander bekannt machen. Während sie die Käfige ablädt, murmelt sie: »Schaut mal, wen ich mitgebracht habe.« Doch die Alteingesessenen sind misstrauisch. Sie mögen es nicht, wenn jemand ihr Gebiet beansprucht. Sie verteilen sich auf der Wiese, als würden sie in Position gehen. Sie beobachten den Vormarsch der Fremden, und wie auf Kommando stürzen sich die Ältesten auf sie und picken brutal auf sie ein. Man muss gleich zu Anfang die Hierarchie klarstellen, das ist eine Frage des Überlebens. Hannah hält Aval in den Armen, drückt ihn an die Brust, und sein Schnabel öffnet und schließt sich im Takt ihres Herzschlags. Sehr bald wird es laut. Außer schreien und an den Flügeln ziehen kann man wenig tun, um die Tiere zu trennen. Manche tragen von dem Aufeinandertreffen kahle Stellen davon, schlimm aussehende Löcher im Gefieder.

Im Briefkasten, wo sich normalerweise die Rechnungen sammeln, liegt ein Briefumschlag. In dem Umschlag befindet sich eine Karte mit einer friedlich grasenden Kuh sowie einer kurzen Nachricht von Fernand Rabatet, dem Mann vom Markt. Er hatte ihr versprochen, dass er wiederkommen würde. »Ich habe Sie gefunden. Gern würde ich Ihre Hühner erleben, wie sie noch herumlaufen, würden Sie mir die Ehre einer Einladung erweisen?«

XI

Die folgenden Biografien enthalten mehr Gewaltdarstellungen als früher. Das Massaker vom 15. Dezember kommt darin vor, die roten Flecken im Gras, der Heldenmut der Überlebenden. Sie sind hauptsächlich inspiriert von Kriegserzählungen wie *Waterloo*, Pierre Chaines *Erinnerungen einer Ratte* oder *Kaputt*. Sie testet gewagte Formulierungen aus, die höhere Wahrheiten ausdrücken, lässt sogar ein Attribut auf jeden Vornamen folgen, sie hat gesehen, dass man das so macht: Porzellan, der Unkaputtbare; Eisbär, der Heißblütige. Was haben sie an jenem Abend gesehen? Sie sind Überlebende, und ihre Exekution erlebt sie als feierlich, aber auch ein wenig erleichternd. Mit großer Lust erzählt sie vom Blutvergießen und Halsdurchschneiden, dem Wehklagen im Wind; der Speichel strömt zur Zunge zurück, und Hannah masturbiert nun häufiger.

Allerdings sind diese Biografien nicht für den Verkauf geeignet; sie schmeißt die geschlachteten Hühner in den Müll. Der Zugang zum Markt ist ohnehin nach wie vor erschwert: Ihr Auge ist nun von anderen, etwas helleren Farben umringt (sie erinnern an einen Sonnenuntergang). Das Wichtigste ist, nicht aus dem Tritt zu kommen. Wenn sie nicht gerade ein Huhn schlachtet, schreibt sie. Auf ihrem Schreibtisch fliegen nun Biografien sowie Entwürfe für eine Antwort an Fernand durcheinander. Auch hier gilt es, die richtigen Worte zu finden, damit er sich auf dem Hof willkommen fühlt. Sie braucht Trost. Auf manchen der Karten steht bloß: »Komm.«

Sie schläft ohne Bettdecke. Das Surren des Heizlüfters und ihr lautes Schnarchen werden von Ohrstöpseln gedämpft. Die Tramontane und das Gackern der Hühner dringen durch die Fensterläden. Ihr Telefon klingelt nur, wenn Louis anruft. Er lässt sich lang und breit über die Brutalität des Landlebens aus. Er ist von friedvoller, städtischer Abstammung. Ansonsten könnte er seinen Beruf auch gar nicht ausführen und auf reihenweise Baustellen beschwichtigend einwirken. Auch in ihrer Beziehung kommt ihm diese Rolle zu: Er hält Hannah davon ab, zu weit abzudriften. Sobald er den ersten Anflug von Wut erkennt, nimmt er sie bei den Schultern und drückt jeder Äußerung einen Kuss auf.

Sie geht immer ans Telefon, wenn er anruft. Er sagt: »Wenn irgendwann die Leitung gekappt wird, ist die Beziehung tot.« Die Miete muss gezahlt werden, und auch, wenn es Louis nicht ums Geld geht, lässt er sich nicht für dumm verkaufen. Er hat den Eindruck, still und heimlich verlassen zu werden. Die Geschichte mit den Hühnern geht ihm ab. Wie in *Tausendundeiner Nacht* lullt Hannah ihn mit Geschichten von ihrer Rückkehr ein, versichert ihm, sie habe hier noch zu tun, bevor sie den Hof dichtmachen kann, es sei ein Weg, sich mit ihrer

Vergangenheit auszusöhnen, ja, ja, nein, natürlich überweist sie die Miete und denkt an ihn. Ja, natürlich würde sie ihm sagen, wenn etwas nicht stimme. Sie erzählt ihm nicht von Fernand. Die beleidigte Art, mit der er sagt: »Na gut, ich vertraue dir«, rührt Hannah. Er glaubt ihr nicht.

Sobald der Krawall des ersten Kennenlernens überstanden ist, gewöhnen sich die neuen Hühner schnell ein: Vor allem das Puppenhaus hat es ihnen angetan. Zwei von ihnen haben sich darin eingerichtet. Aval und Eva, eine Crèvecœur-Henne, die Hannah ebenfalls ins Herz geschlossen hat, turteln darin herum. Abends schließt Hannah ihnen die Fensterläden. Das sind ihre Hühner, die in keinem Abstammungsverhältnis zu denen ihrer Mutter stehen.

Coco

Coco war eine tapfere Seele und zog seine Kraft aus seinen starken und beschwingten Beinen, die ihn bis hinaus in wilde Gefilde zu tragen vermochten. Coco fürchtete weder Zorn noch Heimsuchungen, er stellte sich ihnen entgegen, um eigenhändig das Blutvergießen zu dezimieren, wobei seine Flügel sich schützend um die Schwächsten legten.

Curzio

Curzio fürchtete den Wind. Wenn die Tramontane bläst, ist die Luft elektrisch aufgeladen; die Ohren sausen, die Hühner tanzen. Das Massaker verfolgte ihn wie das Säuseln der Böen. Curzio versteckte sich beim geringsten Windhauch. Er kauerte in seinem Versteck und wartete, dass der Wind verebbte, und mit ihm das Tosen des Todes. Eines Tages jedoch versteckte er sich nicht. Sein Gackern ging in ein Pfeifen über, dann verstummte er für immer.

Spin

Spin schien Gespenster zu sehen. Er sprach mit ihnen, wenn er allein auf der Wiese war, und erzählte ihnen Geschichten aus dem Hühnerstall. Er träumte davon, dass sie endlich verschwänden, doch sie sollten ihn nie verlassen. Zum Schluss begann er, sich vor seinem eigenen Schatten zu fürchten.

XII

Fernand sollte gegen siebzehn Uhr da sein. Der Vorschlag kam von ihm. Natürlich steht die Urne auf dem Tisch, Hannah streicht sanft darüber, um ihre Zuneigung auszudrücken, ohne sie zu stören. Sie inhaliert die Umgebung, will sich von ihr durchdringen lassen. Der Geruch der Mutter ist noch immer überall, streng und herb, wie nach Tier oder verrottendem Laub. Ein Geruch, von dem einem schlecht wird, sobald man das Zimmer betritt, beziehungsweise von dem ihr schlecht werden würde, wäre es nicht der Geruch ihrer Mutter. Die Mutter wusch sich nicht gern. Wozu auch? Der Mist verteilte sich überall, man trug alles mit den Stiefelsohlen hinein. Sie sagte: Es ist die Arbeit, die uns schmutzig macht, gegen den Staub kommt man nicht an.

Hannah hat Aval, Eva und einige ihrer Freunde ins Haus gelassen. Gackernd picken sie nach Herzenslust in die Sofakissen und rupfen die Gänsedaunen heraus in der Hoffnung, dazwischen ein paar Körner zu finden. Hannah schaut zu und macht Abendessen. Sie kocht, was sie am besten kann: Sellerie und Nudeln mit Pesto, falls Fernand zum Essen bleiben will. Extra für ihn brät sie auch Speck an. Der Bratgeruch gerät mit dem der Mutter in Konflikt, löst ihn allmählich auf. Als ein Speckwürfel aus der zu heißen Pfanne springt, betrachtet sie ihn einen Augenblick lang auf den Küchenfliesen: Soll er zurück in die Pfanne oder in den Müll? Sie hebt ihn auf, er ist nicht mal so groß wie ein Streichholz, rosafarbenes Fleisch und Fett sind klar voneinander abgetrennt. Er sieht gar nicht nach Tier aus.

Sie steckt ihn sich in den Mund. Er schmeckt nach nichts. Aval dreht den Kopf. Sie könnte schwören, dass er angewidert das Gesicht verzieht. Hat er gesehen, wie sie das Fleisch gegessen hat? Sie bückt sich, um ihn zu streicheln, doch er wehrt sich, indem er nach ihrem Fuß pickt. Das ist das erste Mal, dass er sich aggressiv verhält. Das kann kein Zufall sein. Er liebt sie, weil sie Vegetarierin ist. Sie hätte das nicht tun sollen. Sie verspricht, dass es sich nicht wiederholen wird.

Hannah teilt die Portion in zwei Teile. Sie hofft, dass das Gackern der Hühner über eventuelle Gesprächspausen hinweghilft. Fernand muss sich ja nur umschauen, vielleicht fragt er dann: »Und, weißt du schon, was du über das hier schreiben wirst?« »Wie heißt dieses Huhn da?« »Erkennst du wirklich jedes Einzelne?« »Wie kannst du Männchen und Weibchen auseinanderhalten?« Hannah wird ihm das Vorgehen gekonnt erklären, ihm die Federn zeigen, die bei den Weibchen größer sind, ihm vom Kloakenkuss erzählen, dem verschwundenen Penis der Hähne und dem Sprung, mit dem sie die Weibchen begatten, wobei sie ihre Krallen in deren Fleisch graben, ohne ihren Gesang zu unterbrechen. Sie wird ihm von dem Geschlechtsbestimmungsturnier berichten, dass jedes Jahr im Norden stattfindet und zu dem sie und ihre

Mutter einmal gereist sind, allerdings ohne einen Preis zu gewinnen.

Fernand ist zu früh. Er klingelt zweimal, und das Klingeln hallt zwischen den Wänden wie eine Kirchenglocke. Er gibt Hannah weder die Hand noch einen Wangenkuss, sondern betritt gleich das Wohnzimmer. Er lässt den Blick schweifen. Der Wein, den er mitgebracht hat, kommt aus einer anderen Region, das ist unerwartet, beinahe ein wenig taktlos. Hannah errötet. Sie hätte ihn draußen begrüßen sollen. In den Geschichten sind Bauern immer draußen. Es verunsichert Hannah, als einziger Mensch mit Fernand hier zu sein, er ist größer, als sie ihn in Erinnerung hat, trägt wieder die zerschlissene Feldjacke. Sie hat ihn hereingelassen wie einen Wolf.

»Hübsch haben Sie es hier.«

Mit der Flasche in der Hand durchschreitet er ihr Haus und tritt beinahe auf Aval. Er inspiziert ihn.

»Die sechs Hähnchen von neulich habe ich schon aufgegessen. Brutus war köstlich.«

Sein Tonfall kippt ins Melodramatische, als wären es Freunde gewesen, die er so verschlungen hat, dann lacht er laut auf. »Ich habe sie alle im Backofen gebraten. Die Biografien thronen auf meiner Dunstabzugshaube. Geben Sie schon zu, dass Sie die nicht ganz allein geschrieben haben!«

Aval gackert, wie zum Zeichen der Missbilligung. Er will am Gespräch teilnehmen. Fernand dreht sich zu ihm um, kniet sich hin, um ihn zu liebkosen, doch er flüchtet, läuft durch die halb offene Eingangstür, um sich zu seinen Kameraden auf der Wiese zu gesellen. Fernand lässt ihn nicht aus den Augen. »Gehen wir hinterher?«

Das Gras schwächelt um diese Jahreszeit, die Bäume haben ihr Laub abgeworfen. Die Hühner machen alles wett. Sie rennen, bis ihnen die Puste ausgeht, besteigen einander und singen, als ob sie extra für Fernands Besuch eine Show abziehen würden. »Was für schöne Hühner.«

Die Crèvecœur-Hühner machen sich in dieser Landschaft ausgezeichnet, die abstehenden Federn vertragen sich gut mit dem Wind. Sie ist stolz. Bisher war Louis der Einzige, den sie je auf den Hof gebracht hat, und zu den Hühnern hatte er sich nicht geäußert. Stattdessen sprach er über die Berge und das Heideland. Sie war überrascht, dass er Thymian von Rosmarin unterscheiden konnte. Diesen Ort mit jemandem zu teilen, ist bedeutsam. Dadurch öffnet sich in ihr eine Schleuse, und sie erzählt Fernand von dem Haus, ihren Großeltern, den Bauernhofgesängen. Er fragt nicht, ob sie ein Schwein nachmachen kann. Er hört ihr zu, ist aber gleichzeitig von den Hühnern fasziniert, die um sie herumspringen, streichelt manchmal eines und greift sich schließlich geschickt den vorbeilaufenden Charles. Anfänger bräuchten allein dafür zehn Minuten. Lustig, dass er sich ausgerechnet Charles ausgesucht hat. Irgendetwas an ihm ist besonders. Wenn Sie Aval nicht hätte, würde sie ihn mit ins Bett nehmen. Sie hat ihn nach dem Huhn benannt, das an ihrem Geburtstag von ihrer Mutter umgebracht worden war. Auch das erzählt sie Fernand: Wie die Mutter sie anstarrte, während sie ihren tierischen Freund exekutierte, und dass sie sich vor Fleisch ekelt.

»Du isst wirklich kein Fleisch mehr?«

Er hakt nach. Wäre doch nur logisch, dass jemand, der schlachtet, auch isst. Das ist die Ordnung der Dinge, der Löwe tötet, um sich zu ernähren, und dasselbe gilt für den Menschen. Fleisch macht stark und reichert das Blut mit Sauerstoff an. Hannah bleibt dabei: Sie wird nie wieder Fleisch essen. Sie denkt an den Speckwürfel von vorhin. Es fühlt sich an, als hätte sein Fett sich in ihr festgesetzt. Sie fühlt sich schmutzig.

»Also stehst du bloß darauf, sie zu schlachten?«

»Ich pflege eine Tradition.«

Das Wetter ist mild für Dezember, der Himmel blau, kilometerlange Reihen weißer Wolken ziehen vorüber. Während sie so still dasitzen, beinahe schweigend, kommen die Hühner näher. Fernand singt in fremden Zungen in ihre Ohröffnungen. Als sein Wiegenlied zum Ende kommt, nimmt er die beinah eingeschlafene Zelda auf den Schoß, bevor er sich Hannah zuwendet. »Weißt du, das mit den Biografien ist eine gute Idee.«

»Das sehen nicht alle so.«

Fernand schließt lange die Augen, als würde er meditieren. »Die Leute mögen das Altbekannte. Die Sicherheit. Sie werden sich an diesen neuen Blick auf die Hühner gewöhnen. Bald werden sie ohne gar nicht mehr können, du wirst schon sehen, und dann kommen die ersten Nachahmer.«

Hannah spürt eine Anspannung. Sie würde ihm gerne von dem unfreundlichen Empfang auf dem Markt und dem Massaker erzählen, ihm sagen, dass das alles nicht so einfach ist, wie er glaubt. Damit er Mitleid mit ihr bekommt. »Neulich wurden mehrere meiner Hühner auf der Wiese zerstückelt.«

Fernand vollführt eine brüske Handbewegung, als wolle er Hannahs Aussage wegwischen. Er will an die Unterhaltung von eben anknüpfen. »Von hier scheint ja nichts Fröhliches zu kommen.«

»Ich habe entdeckt, dass ich meine Hühner liebe. Ich fühle mich ihnen nah. Da ist eine sehr starke Bindung.«

»Eben. Du müsstest deine Hühner behalten, die Idee mit den Biografien weiterverfolgen, nur eben woanders.«

»Und wo soll ich hin?«

»In der Stadt fänden die Leute es sicher toll, die Biografie ihres Hähnchens zu kennen. Das würde eine Verbindung zu ihrem Essen schaffen.«

In der Stadt ist ein Hähnchen nicht dasselbe. Man isst es ohne den tierischen Aspekt, seine ursprüngliche Gestalt ist zerlegt. Einmal kam Alice, eine Kollegin von Louis, bei einem Abendessen mit Freunden mit einer Servierplatte aus falschem Silber aus der Küche, auf der bis zur völligen Unkenntlichkeit zerstückelte Hähnchen lagen. Nicht einmal Hannah, die ihre ganze Kindheit über von Hühnern umgeben war, hätte sagen können, wie viele es waren oder womit man sie zerteilt hatte. Offensichtlich mit einer Klinge von schlechter Qualität und von einem Menschen, dem jedes anatomische Verständnis abging und der nicht wusste, wie man einen Flügel oder Schenkel von der Brust löst. Hannah hatte dem Festgelage zugesehen und Pommes gegessen, bis sie ohne ersichtlichen Grund ein heftiger Brechreiz überkam. Mitten während einer Unterhaltung über Quantitative Forschung oder Umfragen, auf jeden Fall etwas mit Zahlen, begann sie in Gedanken zu zählen: 1, 2, 3, 1, 2, 3, um die Übelkeit in den Griff zu kriegen und sich abzulenken, doch jedes Mal, wenn jemand auf dieser großen Platte nach einem unförmigen Hähnchenstück stocherte – am ehesten sahen sie aus wie Nuggets – und sie den vertrauten Geruch in Verbindung mit einem Bild von diesem Brei wahrnahm, wurde ihr schlecht. Louis hatte ihr vorgeworfen, dass sie so still war. Sein nach Plastikfleisch stinkender Atem ekelte sie an. Er hatte mitten beim Essen versucht, sie zu küssen, ihr Pommes in den Mund zu stecken, doch Hannah konnte seinen Anblick nicht mehr ertragen und hatte ihn mit ein paar Blicken zurechtgewiesen, und heute, daran denkt sie jetzt, kann sie dasselbe mit Fernand machen. Er merkt wohl, dass er zu weit gegangen ist, denn sein Tonfall wird sanfter. »Ich kann dich beim Verkauf unterstützen. Ich kenne die Supermärkte. Das ist meine Branche. Wir werden Partner, und du kümmerst dich weiter um deine Hühner, hier oder anderswo.«

»Wie das?«

»Ich habe einen Supermarkt.«

»Was soll das heißen, du ›hast‹ einen Supermarkt?«

»Wie du diesen Hof hast.«

Hannah hinterfragt noch einmal seine Einladung, die Gewandtheit, mit der er sich auf dem Hof bewegt, seinen Charme. Sie denkt: Das ist also sein Hintergrund. In sein Gesicht ist eine Karte eingeschrieben, die sie nicht lesen kann. Seine Herkunft: der Supermarkt. Schon die Vorstellung, dass ein Supermarkt einen Besitzer hat, scheint ihr absurd. Warum nicht gleich auch noch einen Vornamen?

»Meine Familie kommt aus der Branche. Als Kind bin ich in den Gängen herumspaziert. Das Hähnchen braucht ein neues Image. Es herrscht ein gewisser Argwohn gegenüber dem Handel. Und nicht ganz unbegründet, muss man sagen …«

Seine Eltern hatten eine Kette von Läden in der ganzen Stadt besessen. Als sie in den Ruhestand gingen, hatte jedes Kind seinen Lieblingssupermarkt geerbt. Seiner lag in Saint-Jacques. Hannah ist schon oft daran vorbeigelaufen, aber sie will lieber nicht lügen: Hineingegangen ist sie noch nie. Sie misstraut großen Supermärkten und ihren Neonreklamen.

»Ich mache das bloß zum Zeitvertreib.«

»Warum bist du zurückgekehrt?«

»Weil meine Mutter im Sterben lag.«

»Nur deshalb?«

»Das scheint mir ein vernünftiger Grund zu sein.«

Sie könnte ihm erzählen, dass sie versucht, hier etwas zu erobern, dass sie nicht geschafft hat, Abschiedsworte für ihre eigene Mutter zu finden. Dann, als hätte er begriffen, dass er nicht mehr aus Hannah herausbekommt, rückt er ein Stück näher an sie heran und schweigt. Nur Zelda, eingerollt zu einem dicken Ball, trennt die beiden.

Hannah würde gern Fernands Hand nehmen, doch sie hat schwitzige Finger. Vielleicht wäre das auch ein Verrat an Louis. Sie weiß nicht, wozu die Entfernung sie berechtigt. Einen Moment bleiben sie still so sitzen, Körper und Gesichter nah beieinander, auf dem Sofa der Mutter, umgeben von den anhaltenden, aber sanften Lauten der Hühner. Fernand steht auf und beendet den Moment der Zweisamkeit. »Möchtest du an Weihnachten vielleicht vorbeikommen? Falls du noch nichts vorhast. Du kannst gern jemanden mitbringen.«

»Auch ein Huhn?«

»Ein Huhn erst recht.«

Charles

Charles liebte die kühle Umarmung des Menschen, seinen sanften Herzschlag. Mensch und Huhn, dasselbe Blut, dieselben Kämpfe. Diese Denkweise war im Hühnerstall nichts Neues. Denn Charles war, vom Blick bis zum Kleid, von den Krallen bis zu den Schnabelhieben, die vollkommene Wiederauferstehung eines anderen, allseits bewunderten Charles. Doch die Zeiten haben sich geändert, und um zu überleben, musste er sich anpassen, mehr Mensch als Huhn werden, und verlor sich im Kompromiss. Und Kompromisse führen immer zum Schlachtmesser.

Rindvieh

Rindvieh war nie dort, wo man ihn erwartete. Er hortete noch das winzigste Korn und den winzigsten Grashalm. Sein Ziel war klar: horten, um zu herrschen, um die Lebensmittel in Tagen des Mangels weiterverkaufen zu können. Seine Ecke im Nest war ein regelrechter Umschlagplatz, zu dem die Hühner eilten, wenn der Hunger kam. Seine Muskeln waren in konstanter Bewegung. Er rannte in sein Verderben.

Harold

Harold war der Inbegriff der Mittelmäßigkeit. Er war stets bemüht, riss sich aber kein Bein aus, denn er hatte nur noch eins – das andere war verkümmert. Zu sagen, dass er humpelte, wäre blanke Schmeichelei. Die Sporen waren zu kräftig, die Federn zu spärlich. Dennoch wurde Harold von seinen nicht weniger mittelmäßigen Kollegen wertgeschätzt und von einem sogar geliebt, denn gerade aufgrund seiner Mittelmäßigkeit konnten sich alle in ihm wiedererkennen.

XIII

Eva ist tot. Hannah hat sie starr im Puppenhaus aufgefunden. Sie wurde nicht umgebracht, Hannah vermutet Parasiten als Todesursache. Das betrübt sie. Sie weiß, was sie in ihre Biografie geschrieben, wie sie sie geschlachtet hätte. Hannah hasst es, keine Kontrolle zu haben. Was tot ist, soll man nicht essen.

Eva war die Gefährtin von Aval.

Nachts schläft Aval jetzt neben Hannah im Doppelbett ihrer Kindheit, jeder auf seiner Seite. Sie mag es, seine Wärme zu spüren und wenn sein Atem die Bettdecke hebt. Aval hat sich daran gewöhnt. Mittlerweile zerreißt er nicht mehr mit den Krallen die Federbetten. Manchmal erlaubt sie den nächsten Todeskandidaten, bei ihnen im Zimmer zu übernachten, doch sie müssen auf dem Boden bleiben, auf einem eigens für sie ausgelegten Deckenmeer. Avals Position als Günstling muss sichtbar sein. Das gemeinsame Schlafen inspiriert sie beim Schreiben der Biografien. Beinahe kommt es ihr so vor, als begegneten sie einander im Traum. Das ist eine ihrer Theorien, dass die Träume im Bett zirkulieren und dabei die Sprachbarrieren überwinden, die in der Wirklichkeit so lästig sind. In den Nächten, in denen zehn Hühner mit ihr im Zimmer schlafen - darauf könnte sie schwören -, kommen mehr Grün, mehr Gras, mehr Körnerregen in ihren Träumen vor.

Obwohl es schön weich ist, benutzt sie kein Kopfkissen. In dieser Nacht ist Avals Schnabel ihr zugewandt. Sein Kopf ruht auf dem Kissen. Er sieht sie zärtlich an, sie bemerkt es, spürt die Zärtlichkeit, die er für sie empfindet, vielleicht sogar Liebe. Er zwitschert ihr leise ins Ohr, pickt nach ihren Haaren. Auf seinem Kopf sprießt eine neue, buntere Feder, sie ist rötlich. Er kommt in die Mauser. Er altert. Eines Tages wird sie auch ihn töten müssen.

Sie streicht ihm sanft über den Kopf und er kneift vor Wohlgefallen die Augen zusammen.

»Würdest du gern das Stadtleben kennenlernen? Anderswo sterben?«

Er blinzelt. Einmal. Im Morsealphabet kann das nur Ja bedeuten. Sie zieht die Decke über sie beide. Sie stellt sich vor, wie die Hähnchen in die Stadt reisen, ganz still in ihren Vakuumverpackungen. Sie würde sie gern bis in den Supermarkt begleiten, die Leute sehen, die sie kaufen, auf dem Weg bei Louis vorbeischauen.

»Ich müsste dich tragen. Sonst würde dein kleiner Schnabel auf Beton hämmern.«

Aval hat schon die Augen geschlossen. Die Vorstellung eines zum Presslufthammer gewordenen Schnabels begleitet Hannah in den Schlaf.

XIV

Die Tür steht offen. Hannah klingelt trotzdem, niemand reagiert. Sie bleibt mit hängenden Armen vor Fernands pompöser Fassade stehen. Sie betritt das Haus, ohne dass jemand sie hereingebeten hätte, schleicht durch den großen Flur, rechts eine Treppe, links eine Reihe Türen. Dazwischen großformatige Fotografien typisierter Landschaften: ein Berg, ein Traumstrand mit weißem Sand, eine hübsche Stadt mit kohärenter Bebauung, ein Feld, über das langsam schwarze und weiße Rinder ziehen. Das Haus ist vornehm, lässt aber keinerlei Rückschlüsse auf die Persönlichkeit ihres Gastgebers zu. Es riecht nach Hühnchen, nach knuspriger Haut, die sie vor ihrem inneren Auge im Ofen aufplatzen sieht. Am Abend zuvor hat Hannah Fernand drei Tiere für das Abendessen geschenkt – darunter Charles, den sie in den Armen gehalten hat. Sie waren in buntes Zellophan eingewickelt und mit Geschenkband verschnürt. Aval hat sie schlussendlich doch nicht mitgebracht, er hätte die Runde abgelenkt und sämtliche Aufmerksamkeit beansprucht.

Hannah geht weiter, bis sie Gesprächsfetzen hört, darunter Fernands Stimme, die ohne jede regionale Färbung spricht. Im Wohnzimmer sitzen die anderen beiden Gäste – es sind tatsächlich nur zwei – um einen niedrigen, mit Petits Fours bedeckten Tisch und unterhalten sich. Fernand steht auf, ohne ihr entgegenzukommen.

»Da ist Hannah ja! Komm rein, Hannah, setz dich zu uns.«

Im Ofen brennen die Scheite, die Heizung verteilt ihre Wärme. Fernand initiiert keine Vorstellungsrunde.

»Eigentlich ist es ein Tag wie jeder andere, oder? Nur, dass heute die Geschäfte besser laufen als gewöhnlich.«

Die anderen beiden Gäste sind alt. Mindestens so alt wie die Mutter zum Zeitpunkt ihres Todes. Hannah setzt sich ihnen gegenüber auf ein Sofa. Der Mann wirft ihr einen lüsternen Blick zu. Er trägt einen Tweedanzug aus einer anderen Epoche, der eine gefühlte Verbindung zu Fernands Feldjacke zu haben scheint. Hannah bringt kein Lächeln über die Lippen. Bestimmt sitzt auch Louis gerade am Tisch. Er hat sie nicht angerufen. Der Mann setzt ohne Pause seinen Monolog über das Hochwasser in Pakistan fort. Fernand lacht über seine Witze, während er Champagner ausschenkt. Sie hätte die Hühner mit einem Festessen überraschen sollen, mit einer neuen Beschäftigung oder einer weihnachtlichen CD. Sie sollte zu ihnen zurückkehren. Fernand setzt sich neben sie und in seiner Nähe beruhigt sie sich. Sie flüstert ihm ins Ohr: »Sind das deine Eltern?«

»Nein«, antwortet er, »das sind unsere zukünftigen Investoren.«

Am Esstisch wird Wein gereicht. Fernand verschwindet einen Moment lang und trägt dann triumphierend und mit ausgestrecktem Arm eine riesige Servierplatte mit zerstückeltem Fleisch und dicken, ungeschälten Kartoffeln herein.

»Für das Essen heute hat Hannah gesorgt.«

Fernand klemmt eine ganze große, gekonnt filetierte Hähnchenbrust zwischen Löffel und Gabel und lässt sie vor Hannah schweben. Der Griff des Bestecks lockert sich und das Fleisch klatscht schwer mitten auf den Teller. Die Gäste heben die Gläser, um auf Hannah anzustoßen.

»Kannst du sagen, von welchem Huhn das kommt?«

»Nicht ohne die Federn.«

»Also erkennt man Hühner an den Federn?«

Das in Fett gebackene Stück thront vor ihr. Ist das Charles? Sie hat seit vielen Jahren kein Hähnchen mehr angerührt. Das Fleisch lässt kein Gesicht erkennen. Der Verrat auf dem Teller. Fernand hat es gewagt. Er will sie Fleisch essen sehen. Von ihrer Mutter kennt sie falsche vegetarische Lasagne, Gemüsefrikadellen mit Hackfleischanteil, geschickt zwischen den Croutons in ihrer Suppe platzierte gebratene Leber, aber keine derartigen Dreistigkeiten.

Zuzugeben, dass sie Vegetarierin ist, käme einem Geständnis gleich, dass in ihrer Geflügelproduktion irgendetwas schiefläuft. Sie kommt sich vor wie Kleopatras Vorkoster.

Alle Augen sind auf ihren Teller gerichtet. Warum isst sie nicht? Die Alten beginnen zu kauen. Hannah umklammert den Messergriff. Es ist zarter, als sie es in Erinnerung hat, das hübsche Besteck lässt sich mühelos in das weiße Fleisch treiben. Sie schneidet in die Brust. Fernand lässt sie nicht aus den Augen. Ein Huhn auszunehmen, ihm den Hals umzudrehen ist etwas anderes. Als sie das Filet in lauter kleine Stücke geschnitten hat, macht sie einfach weiter. Am Ende sind nur noch Fetzen übrig.

Hühnchen ist stummes Fleisch: Die Worte wurden durch Kauen ersetzt. In den Mündern ist viel Bewegung, Fernand nagt die Knochen ab. Hannah steht auf, den Teller in der Hand. Sie kippt alles in den Müll.

XV

Fernand bricht in schallendes Gelächter aus, das sich zum Tremolo hochschraubt, seine Mandeln springen hervor. Hannah wusste gar nicht, dass sie lustig sein kann, die Vorstellung ist erschreckend. Sie denkt: Ich kann zum Lachen bringen, genau wie sie denkt: Ich kann töten. Sie hebt den Daumen zum Mund, kaut daran herum. Die Nagelhaut blutet.

Fernand legt eine Hand auf Hannahs Oberschenkel, ohne den Blick von der Straße zu nehmen. Seine Finger bewegen sich über ihre Strumpfhose, als würde er versuchen, einen Gang einzulegen. Hannah fährt zusammen, betrachtet die Hand, wie ein fremdes Körperteil, das sich ihr aufgepfropft hat. Eine Narbe verläuft kreisförmig um den Mittelfinger wie ein mit stumpfem Werkzeug ins dralle Fleisch geritzter Trauring. Die Haut, die Zeigefinger und Daumen verbindet, ist zu üppig, man müsste sie stutzen. Sie denkt an Louis und seine vier Finger an jeder Hand. Wenn er sie umarmt, ist es, als würde sich ein befreundetes Huhn an sie schmiegen. An eine Hand wie Fernands, mit fünf Fingern, ist sie nicht gewöhnt, sie will sie nicht, sie hat zu viel Fleisch. Fernand setzt wieder zu sprechen an. »Ich wollte dich überraschen. Einfach so. Ich war neugierig, was du mit dem Fleisch auf deinem Teller anstellen würdest. Dass du es im Mülleimer verstecken würdest, darauf wäre ich nicht gekommen.«

Hannah fragt sich, wo er die Idee mit dem Mülleimer in seiner Wertehierarchie einordnet: ober- oder unterhalb der Hühnerbiografien?

Sie gehen ins Haus. Aval springt Hannah entgegen, führt einen regelrechten Freudentanz auf. Ihr fällt kein Grund ein, warum Fernand so sehr daran gelegen sein könnte, sie nach Hause zu bringen, wenn nicht wegen dieser Hand auf ihrer Strumpfhose; er meinte, er wolle den Hühnern Hallo sagen. Er wirft ihnen jedoch nur einen kurzen Blick zu. Hannah ist es, die er nicht aus den Augen lässt. Wie ein Wolf. Sie hat Angst, dass seine Hand sich erneut auf sie legt, also führt sie ihn in die Küche und schenkt ihm ein Glas Muskateller ein. Dieser Raum hat zwei Türen, durch die man entkommen kann. Louis müsste eigentlich langsam mal anrufen, ihr Frohe Weihnachten wünschen und ein Foto vom geschmückten Tisch schicken. Ob er mit seinen Kollegen zusammensitzt? Sie denkt an das Huhn auf ihrem Teller, an die Fetzen im Müll. Ohne Vorwarnung steigen ihr Tränen in die Augen.

Fernand hebt Hannahs Kopf an. Er hat kalte Finger.

»Hast du über meinen Vorschlag nachgedacht? Wir sollten uns zusammentun, Hannah. Du musst mit dem Markt aufhören, das tut dir nicht gut. Am besten geht es dir doch, wenn du hier bei deinen Hühnern bist. Nicht, wenn du sie verkaufen musst.«

Ihr gefällt es, wenn er ihren Vornamen ausspricht. Fernand möchte ihr Partner werden. Partner müssen sich mit Namen ansprechen. Vielleicht sogar jeden Tag. Doch Hannah weiß nicht, ob sie so weit ist. Ihre Hühner sind keine Supermarkthähnchen. Sie stellt sich vor, wie sich ihre Körper im Kühlregal stapeln.

»Kann ich dann weiter über sie schreiben?«

»Unbedingt. Die Hommage an die Menschenskinder muss weitergehen. Das Einzige, was sich ändert, ist, dass du sie nicht mehr selbst verkaufst. Aber du darfst nicht sagen, dass du Vegetarierin bist. Niemandem. Das könnte alles vermasseln.«

»Louis weiß davon.«

»Also darf Louis nichts sagen. Deine Freunde genauso wenig.«

Auch ihre Mutter hatte sich geschämt, eine solche Tochter auf einem Geflügelhof großzuziehen. Hühner zu lieben heißt, alles an ihnen zu lieben. Die Wärme, die wir ihnen entgegenbringen, geben sie uns zurück, wenn sie aus dem Ofen kommen.

Wenn sie unterschriebe, würde Fernand die Vereinbarung mit seinem Hühnerlieferanten auflösen und sie würde nicht mehr auf den Markt gehen. Die Hühner würden für zwanzig Euro das Stück verkauft. Hannah bliebe Eigentümerin der Hälfte aller Hühner, oder der Hälfte jedes Huhns, je nach Perspektive. Sie würden die Stadt zu sehen bekommen, Louis könnte ihre Kadaver im Supermarkt besuchen. Sie sagt Fernand: Ich muss das mit ein paar mir nahestehenden Personen besprechen, bevor ich eine Entscheidung fälle.

XVI

Die Hühner drängen sich auf dem Sofa, stapeln sich auf dem alten Leder, es sind mehr als hundert, die auf- und übereinander hocken, einige Pechvögel sind ganz verknäult mit ihren Artgenossen, Krallen landen in Augen, Federn fliegen umher. Trotz der unbequemen Lage weigern sie sich, von dem Möbel abzurücken. Diejenigen, die darauf keinen Platz mehr gefunden haben, bleiben in der Nähe, als lauerten sie nur darauf, dass irgendwo was frei werde. Ziehen die weichen Polster sie an? Oder die Frontalposition vor dem Fernseher? Der Rest des Wohnzimmers ist leer. Nur eine kleine Gruppe Unbeugsamer, die sonst noch die hintersten Ecken der Wiese erkunden, springen auf dem Teppich herum, als wäre er Rasen. Aval thront über dem Empfangsgerät, überragt sie alle und gackert immer wieder, bestimmt ruft er seine Artgenossen zur Ruhe, weil ihre Halterin eine wichtige Ansage machen will.

Es dauert ewig, bis alle einigermaßen still sitzen.

Hannah weiß nicht genau, wie sie die Frage formulieren soll. Diese ungewöhnliche Versammlung im Haus erscheint ihr von entscheidender Wichtigkeit. Sie will den Hühnern selbst die Wahl über ihre Zukunft überlassen. Sie hätte sich mit Louis besprechen können, aber seine Ansichten werden durch die Liebe oder vielleicht auch die Gewohnheit verzerrt. Er würde auf jeden Fall für ihre Rückkehr stimmen. Vögel waren schon immer für ihre Hellsichtigkeit bekannt. Es steht fest, dass sie verständig sind und sich ein Urteil bilden können, sofern sie das Anliegen gut erklärt. Folgendes hat sie sich überlegt: Wenn die Mehrheit der Hühner nach rechts Richtung Eingangstür läuft, unterschreibt sie den Vertrag, und sie kommen nach ihrem Tod in die Stadt. Wenn sie sich links Richtung Treppe halten, bleiben sie alle hier und ihre Kadaver werden sich weiter auf dem Marktstand stapeln.

Hannah fasst sich ein Herz und beginnt. Sie erzählt ihnen von dem Weihnachtsessen und Fernands Vorschlag, auch, dass er fünf Finger hat und Huhn isst. Bei jedem ihrer Worte nickt Aval mit gesenktem Kopf, entweder, weil er nach den Fernsehkabeln pickt oder ihr zustimmt. Als sie mit ihrem Vortrag zum Ende kommt, fragt sie schlicht: »Wollt ihr in die Stadt ziehen?«

Die Hühner zeigen keine Reaktion, als hätte sie gar nichts gesagt. Hannah bittet sie flehentlich um eine Rückmeldung. Doch nichts. Sie bleiben stumm. Kann sie wirklich auf die Meinung des Federviehs vertrauen?

Nach langen Sekunden springt Aval endlich vom Empfangsgerät und bewegt sich leichten Schritts nach rechts, zur Tür. Die Sonne knallt. Die Unbeugsamen vom Teppich folgen ihm auf dem Fuße, und die Tierpyramide auf dem Sofa löst sich auf, die Untersten springen zu Boden, brechen sich beinah die Füße, Chaos macht sich breit, alle wollen gleichzeitig hinaus, als wäre ihre Sendung gerade vorbei.

Mit Ausnahme von zwei Tieren wandert die ganze Truppe nach rechts zur Tür.

Die beiden Hühner, die links geblieben sind, Cassandre und Rodrigue, rühren sich nicht von der Stelle. Sie haben sich, zu festen Kugeln eingerollt, unter der Treppe verkrochen und machen keine Anstalten, wieder hervorzukommen, obwohl Hannah ihnen erklärt, dass die Abstimmung vorbei ist.

Hannah unterzeichnet den Vertrag ohne Beanstandungen. Fernand freut sich. Als er auf den Hof kommt, um die Papiere abzuholen, setzt er sich ebenfalls aufs Sofa, und Hannah kommt nicht umhin, das als weitere Vorsehung zu deuten. Als er wieder geht, nimmt er zehn verpackte Hähnchen mit, Hannah ist stolz auf ihre Etiketten

»Sie werden als Erste die Stadt zu sehen kriegen!«

Bluette

Die blauen Federn, hast du sie irgendwo geklaut? Niemand in der Aufzucht trug etwas Vergleichbares. Man hat deine Abstammung nachvollzogen, das Blau kam darin nicht vor. Du hattest deine Federn im Verborgenen wachsen lassen, und die anderen wagten nicht, sie zu berühren. Ob sie neidisch waren? Bestimmt. Immerhin haben sie sich eines Tages zusammengetan, um sie dir auszureißen.

Marengo

Marengo badete im Matsch. Darüber geriet das schöne Schwarz seines Gefieders, die Seidigkeit seiner Federn in Vergessenheit. Die anderen sahen darin ein Zeichen von Schmutzigkeit, dabei war er nur ein eitler Gockel. Der Schlamm ist so weich, verleiht einen angenehmen Duft. Und er bietet Tarnung.

Louette

Louette kleidete sich gern in Grashalme und anderes vom Boden aufgelesenes Material. Sie liebte es, unter Pullover zu schlüpfen, aber nur solche aus reiner Wolle, wie um sich auf die Finsternis am Lebensende vorzubereiten.

XVII

Hannah schreibt: Gustave lebte in den Hortensien, schon am frühen Morgen parfümierte er sich damit ein. Wissen Stadtmenschen, wie Hortensien riechen? Sie streicht den Satz durch. Auf dem Markt konnte sie die Biografien erörtern und vervollständigen, Fotos zeigen. Das hat gut geklappt. Bei den Stadtmenschen muss man genauer sein, das Leben der Hühner im Freien mit leicht zugänglichen Bildern veranschaulichen. Sie malt sich die Biografien aus. Innerhalb eines Monats könnte sie eine ganze Saga schreiben. Die Geschichte würde von einem Liebespaar handeln, den Unzertrennlichen: Alice und Olivier, gemeinsam geschlüpft, natürlich von zwei verschiedenen Müttern, verlieben sich auf der Wiese auf den ersten Blick und sterben beide am selben Tag, als würden sie ein gemeinsames Opfer erbringen. Émilie (so heißen in ihrer Vorstellung alle typischen Hausfrauen und Mütter), die schon die Biografie von Alice gelesen hat, würde dann jeden Tag in aller Herrgottsfrühe aufstehen, um den Supermarkt nach Olivier abzusuchen, damit sie wieder zueinanderfinden, und sie ihre Gebeine gemeinsam beerdigen kann. Sie würde so sehr darunter leiden, dass sie Olivier nicht findet, dass es sie ganz krank macht. Sie hat nämlich selbst vor einigen Monaten ihren Mann verloren, und ihr Scheitern würde ihr täglich den Schmerz des Todes in Erinnerung rufen.

Die Hühner werden vor ihr in die Stadt zurückkehren. Sie werden mit Louis in Kontakt kommen, wären das Bindeglied zwischen ihnen beiden. Es ist höchste Zeit für eine an ihn adressierte Geste. Sie schreibt ihm: »Es gibt etwas, dass ich dir noch erzählen muss«, woraufhin Louis sie sofort anruft. Er rechnet nicht damit, dass es um eine Erfolgsmeldung geht. Louis ist Pessimist – wenn er ein Gebäude sieht, muss er sich sofort vorstellen, wie es einstürzt. Er denkt, es habe einen weiteren Angriff gegeben. Hannah stellt sich den Raum vor, der ihn umgibt, wie er mit ans Ohr gedrücktem Handy in ihrem Sofa versinkt. Sie sagt: Komm morgen zum Kühlregal vom Supermarkt in Saint-Jacques. Da ist etwas für dich.

XVIII

Jeden Tag wird die festgelegte Menge Fleisch mit dem Laster abgeholt, der Fahrer ist jedes Mal ein anderer, doch alle brettern mit einem Affenzahn über die kurvenreichen Landstraßen. Die verpackten Hühner schlagen gegeneinander, klammern sich in den Kurven aneinander fest. Aval und Hannah sehen ihnen nach, den Blick noch lange auf die Straße Richtung Stadt geheftet. Fernand hat keine Zeit mehr, auf den Hof zu kommen, aber er legt Wert darauf, seine neue Geschäftspartnerin jeden Tag anzurufen. Die Gespräche beginnen immer gleich: »Wie geht's meinem Kompagnon?«, woraufhin Hannah jedes Mal lachend antwortet: »Sehr gut«, bevor sie ihm ein paar Anekdoten von den Hühnern erzählt, über die er sich amüsiert. Sie beide fürchten die Wiederholung nicht.

Und in der Fracht, zwischen den zwanzig Hühnern, die täglich in die Stadt fahren, ist immer eins für Louis dabei. Die Vakuumverpackungen werden zu leidenschaftlichen Briefen. Sie widmet sie heimlich ihrem Geliebten, schreibt den Kadavern zärtliche Worte ein, die vom

Vermissen handeln und die nur er verstehen kann. Mit jeder Biografie, die sie für ihn schreibt, kehrt ihre Liebe zurück. Durchs Schreiben fällt ihr wieder ein, was sie an ihm liebt: die Suppen, die er ihr kocht, wenn sie krank ist, die Fähigkeit seiner Augen, bei jeder Gefühlsaufwallung feucht zu werden, wie sich seine Stimme jedes Mal anders anhört, wenn er ans Telefon geht, sein immer gleicher Geruch. Sie hofft, dass sich diese Dinge nicht verändert haben, dass sie nach ihrer nächsten gemeinsamen Nacht sagen können wird: Was für ein Glück, dass ich zu einem Mann zurückgekehrt bin, dessen Duft mich so sehr anzieht.

Sie arrangiert es so, dass niemand, nicht einmal Fernand, von dem Spiel mit den Liebesbiografien etwas mitbekommt. Die Entdeckung der Anagramme war eine Offenbarung für sie, seitdem kann sie endlose Wortspiele betreiben. Aus den zusammengenommenen Buchstaben ihrer beiden Vornamen entstehen Wörter: Hahn, Haus, Hals, hinaus, hinan, Sinn, Sohn … Louis findet immer das für ihn bestimmte Huhn, auch wenn Hannah denkt, diesmal wäre sie doch zu weit gegangen, ihre Nachricht wäre nicht zu entschlüsseln. Jeden Tag wartet sie ungeduldig darauf, dass er sich meldet: Wird Louis heute wieder richtig raten? Um dreizehn Uhr schickt er ihr ein Foto des Etiketts, es ist immer das richtige, und sie weiß, dass ihre Liebe echt ist.

Am 3. Februar erhöht sich der Einsatz. Sie muss ihm ein Geburtstagshuhn schicken. Natürlich wäre ihm lieber gewesen, sie wäre bei ihm, und jedwedes Huhn ist bloß wieder ein Zeichen ihrer Abwesenheit, deswegen hält sie auf der Wiese nach dem schönsten, vitalsten Tier Ausschau. Eigentlich müsste sie ihm Aval schenken, aber das kann sie nicht. Sie sind sich charakterlich zu ähnlich, das wäre, als würde sie ihm seinen Doppelgänger zu essen geben. Ihn würde sie nicht einmal Louis opfern. Also schlachtet sie Cassandre, was auch sehr gut passt, und entwirft eine romantische Biografie. »Cassandre war ein freundliches Huhn, das freudig in die Zukunft sah. Manchmal tschirpte sie frühmorgens minutenlang von ihrer Stange, damit die Sonne endlich aufging. Ihre Kollegen schliefen noch, aber Cassandre war das egal: Alles, was sie wollte, war jubeln; zu jeder Tageszeit rief sie ihre Hoffnung hinaus, dass die Liebe eines Tages in ihr Leben zurückkehren würde. Cassandre glaubte an Zeichen und dachte, dass ihr Geburtstag, der ihr unbekannt war, ihr womöglich die Liebe bringen würde. Sie sollte recht behalten. An jenem Tag betrat ein wunderbarer junger Hahn, ein großer Nestbauer, die Wiese. Sie kamen in einer zärtlichen Vereinigung ihrer Kloaken zusammen, ihre Federn vermengten sich in einem Feuerwerk der Farben, ihr Atem stieg bis zum Einbruch der Nacht gemeinsam auf.«

Alles strömt unaufhörlich in einem langen Fluss dahin. Der urbane Mensch ist Feuer und Flamme für das Huhn mit Biografie. In der Stadt kommt es nur selten vor, dass man sein Lebensmittel persönlich kennt. Es ist das perfekte Produkt: verspielt, hochwertig, einzigartig. Und vor allem: authentisch. Jeder Verbraucher bekommt sein namentlich bekanntes Geflügel. Offenbar wird allerorts darüber gelacht und nach mehr verlangt. Hannah würde ihre Verkaufszahlen gerne im Ort aushängen, sie Nicolas und dem Onkel zeigen. Fernand spricht davon, dass die Nachfrage steigt, schneller als je zuvor: »Wir dürfen uns nicht mit den paar Hühnern zufriedengeben, das wäre doch ungerecht gegenüber denen, die keins abbekommen haben. Kennst du das nicht, wenn du etwas unbedingt haben willst, also wirklich unbedingt, und man dir sagt: ›Das letzte haben wir gerade verkauft‹? Das ist das schlimmste Gefühl der Welt. Schlimmer ist nur, wenn dein Kind es haben will und du ihm sagen musst: ›Nein, das ist ausverkauft, vielleicht beim nächsten Mal.‹ Es kam zu richtigen Tobsuchtsanfällen im Supermarkt, weißt du. Die Eltern waren vollkommen hilflos.«

Fernand sorgt dafür, dass alle zehn Tage neue Tiere geliefert werden, damit die Mast nicht leerläuft. Wenn die Hühner ankommen, beginnt die ganze Erziehung wieder bei Null. Hannah richtet stets ein paar Worte an die Neuen. Sie will sie willkommen heißen, diese ganz frischen Hühner, die kaum aus dem Ei geschlüpft sind und noch ziemlich ungehobelte Manieren haben. Sie sollen sich wie zu Hause fühlen. Am Anfang achtete Fernand darauf, nur Crèvecœur-Hühner mitzubringen. Die sind aber mittlerweile in der ganzen Region ausverkauft. Die Crèvecœur sind eine Ausnahmerasse, vor allem hier. Sie mussten sich also diversifizieren und einigten sich auf Seidenhühner. Das Fleisch der beiden Arten ist sehr ähnlich, die Verbraucher werden es kaum merken.

Wie lange dauert es, bis man ein Huhn kennt? Unter »Kennen« versteht Hannah, dass sie einen Charakterzug an ihm wahrnimmt, der es von der Gruppe in ihrer Gesamtheit abhebt. Chick zum Beispiel hat sie über zehn Stunden beobachtet, ohne dass ihr eine Idee kam, bis endlich der Groschen fiel. Bei Gervaise war es einfach, eine Stunde und schon schrieb sich die Geschichte von selbst. Die geringste körperliche Auffälligkeit dient als Anhaltspunkt fürs Schreiben. Über einen fehlenden Fuß lässt sich gut fabulieren, während man beim Durchschnittshuhn erst einen Zugang finden muss. Die Interaktionen des Geflügels sind subtil und nicht leicht zu erfassen. Man muss sich annähern, muss deuten, und wie beim Sudoku hilft es, ein Huhn zu kennen, um jene zu verstehen, die mit ihm Umgang pflegen. Mindestens fünf Stunden, verteilt auf fünf Tage, sind im Schnitt etwa notwendig. Auch wenn es nur ein paar Zeilen sind: Sie sollen eine Erinnerung vermitteln. Mittlerweile muss sie aber dreißig Hühner am Tag abliefern. Das geht nicht auf. Fernand hört sich Hannahs Klagen an. Er beteuert, dass er sie versteht. Er schwört, dass sie bald eine Lösung finden.

XIX

Bamm.

Das Glas vibriert noch ein paar Sekunden, dann kehrt wieder Stille ein.

Der Morgen dämmert, das Licht ist schwach. Hannah starrt das Fenster an, denkt, dass sie den Aufprall nur geträumt, dass ein Alptraum sie geweckt hat. Sie weiß, dass sie nicht wieder einschlafen wird, also schaltet sie ihre Nachttischlampe ein. Aval pickt geräuschlos neben ihr, hackt auf das blaue Laken rings um Hannahs Körper ein. Die Schnabelhiebe hinterlassen Risse im Stoff.

Bamm.

Da ist wieder dieses dumpfe Geräusch. Jetzt zittert das ganze Haus. Diesmal sieht Hannah ein kopfloses Huhn gegen das Fenster klatschen, Blut spritzt.

Bamm.

Die Einschläge häufen sich, der Takt ist wechselhaft, wie die unregelmäßigen Tambourinschläge vor der Schlacht: Kadaver von enthaupteten Hühnern schlagen heftig auf, ein ganzer Leichentrupp attackiert das Haus. Ein besonders fetter Körper kracht schließlich mit solcher Wucht gegen das Fenster, dass es reißt und zerspringt.

Winzige Glassplitter fliegen durchs Zimmer bis in Hannahs Bett.

Aval hat komplett mit dem Picken aufgehört. Er hat sich wie gelähmt unter die Decke geflüchtet. Hannah betrachtet die Glasscherben auf dem Boden und den Kadaver, der durchs Fenster geflogen ist. Ihr fällt das Gewehr ein, sie müsste es aus dem Wohnzimmer holen, doch stattdessen harrt sie im Bett aus. Sie wartet auf den nächsten Schlag, darauf, dass das nächste zum Wurfgeschoss gewordene Tier die Reste ihres Fensters trifft und vielleicht auf ihr landet, ihre Laken besudelt.

Sie schreit: »Hört auf!«, und ein weiteres Huhn kracht auf den Boden des Schlafzimmers. Sie hört ein spitzes Lachen, das sie nicht wiedererkennt. Dann Schritte, einen startenden Motor.

Sie braucht einen Moment, um sich wieder zu sammeln. Dann steigt sie die Treppe hinab, geht durch die Türen, draußen ist der Boden überfroren, bei jedem Schritt leckt das Eis an ihren Fersen. Sie geht über den Hof, der das Haus vom Hühnerstall trennt. In den Bäumen singen die Vögel vor sich hin. Normalerweise hört man sie nicht, das Gegacker übertönt die meisten anderen Tiergeräusche. Die Vögel sind schwarz mit gebogenem Schnabel, sie könnten ein böses Omen sein mit ihrem traurigen Gesang.

Im Stall bückt sich Hannah, schaut in die Ecken, wirft Stroh auf und ruft »Hühner!«, weil sie mit einem Mal die Namen vergessen hat. Die aus den Biografien fallen ihr ein, aber nach den Toten zu rufen, ist sinnlos.

Niemand antwortet. Ihre Hühner sind verschwunden, wurden geholt, bis auf dreizehn, die ganz hinten im Stall kauern. Die Zufahrt ist übersät von Reifenabdrücken.

Eine gewaltige Scham überkommt sie. Sie schlingt die Arme um den Körper, umklammert sich, als wäre Louis hier. Sie denkt an Nicolas' Fausthieb und die toten Hühner auf der Wiese. An den Markt und die hasserfüllten Blicke. An die missglückte Trauerfeier für ihre Mutter und an den Onkel. Sie befiehlt sich: »Jetzt hör auf, dich zu fürchten, Hannah«, und greift nach dem Telefon.

Im Dorf scheinen, wie um sie zu veralbern, alle Menschen verschwunden zu sein. Hannah setzt sich in die Kneipe, wählt den Tisch am Fenster. Möglich, dass die Hühner gleich über den Fußgängerüberweg kommen, sich ihr gegenüber an den Tisch setzen und sich dafür entschuldigen, dass sie abgehauen sind. Vielleicht sagen sie dann, dass sie nur mal an die frische Luft wollten, und bestellen einen Whisky.

Nicolas setzt sich neben sie auf die Bank. Er sieht sie nicht an.

»Ist es verheilt?«

Er zeigt auf ihr Auge.

»Hat ganz schön gedauert.«

Die Stille wird von den Geräuschen aus dem Fernseher überdeckt, auf dem ein Spiel zweier ausländischer Mannschaften läuft. Hannah wendet sich dem Bildschirm zu und sieht verschwommen, wie der Ball von einem Spieler zum anderen wechselt. Sie weiß nicht, wie sie die Situation angehen soll.

»Ich werde mich nicht entschuldigen«, platzt Nicolas schließlich heraus.

»Deswegen habe ich nicht angerufen. Jemand tötet meine Hühner, und jetzt wurden ein paar von ihnen als Wurfgeschosse gegen mein Fenster geschmissen. Die anderen sind verschwunden. Ich will, dass du sie mir zurückgibst.«

Es kommt Hannah so vor, als würde Nicolas leicht lächeln.

»Was soll ich denn da machen? Du musst halt besser auf sie aufpassen.«

»Warst du das?«

»Nein. Das war niemand von hier. Niemand will deine Biester.« Er macht eine kurze Pause, bevor er weiterspricht. »Sie sind dreckig. Alle hier wissen das. Keiner würde in deine Nähe kommen. Nicht mal, um deine Hühner zu töten.«

Hannah fühlt sich fiebrig. Sie brütet etwas aus. Sie steht auf, und während sie über die Straße und zurück zum Hof geht, fällt dichter, schwerer Regen auf sie.

XX

Fernand zieht im Flur seine Schuhe aus und öffnet den Kühlschrank. Er sieht sich um, erst rechts, dann links, überrascht von der Ruhe auf dem tierlosen Hof. Sie begrüßen sich mit einem Wangenkuss, aber Hannah schafft es nicht, ihm in die Augen zu sehen. Er legt ihr eine Hand auf die Schulter.

»Wie geht es dir?«

Sie nimmt sich ein Bier. Sie konnte nicht schlafen, das Geräusch der gegen das Fenster knallenden Hühner lässt sie nicht los. Phantomgeräusche vergiften ihren Schlaf in diesem Haus, und zwar nicht zum ersten Mal. Sie hat geträumt, dass ihre Mutter sie mit Kadavern bewirft, dass sie Tierblut pinkelt.

Die überlebenden Hühner sind ins Haus gekommen und jagen einander. Sie beobachten sie einen Moment lang schweigend.

»Ich weiß, dass du eine schwere Zeit durchmachst, Hannah, und ich komme vor allem als Freund. Um dir zu sagen, dass du dir keine Sorgen machen musst.«

Fernand hält ihr den Kuchen hin, Schokolade und Buchweizenmehl, extra für sie gebacken, eine Seite ist eingesunken, das unterstreicht das *Selbstgemachte*. Er lässt sich auf einen Stuhl fallen, ohne Hannah aus den Augen zu lassen. Sie sagt: »Okay.«

»Ich weiß nicht, wie es um dich steht, mit dem Ganzen.«

»Ich auch nicht.«

Aval kommt zu seiner Halterin. Seit dem Vorfall hat er beim Gehen immer den Kopf nach links geneigt. Seine psychische Verfassung ist besorgniserregend. Hannah spült das Messer ab, dasselbe, mit dem sie auch den Kirschkuchen des Onkels geschnitten hat. Mit einem Mal fühlt sie sich sehr erschöpft, und auch sehr allein.

»Ich wollte dir einen Vorschlag machen, aber ich weiß nicht, vielleicht ist jetzt nicht der richtige Augenblick«, platzt sie heraus.

Das letzte Wort hängt in der Schwebe. Hannah legt das Messer vor Fernand ab.

»Was denn?«

»Ich wollte dir vorschlagen, dass ich mit meinen Hühnern in die Stadt umziehe. Den Standort verlege.«

Hinter Fernands Bart blitzt seine Freude hervor. Hannah fährt fort. »Wir könnten ihnen einen Hof einrichten, eine Farm in einem Gebäude, oder einem großen Stadthaus, es gibt welche, die sind gar nicht so teuer. Mit einer großen Wiese, und unsere Büros wären gleich nebenan. Ich könnte abends nach Hause gehen, zu Louis. Dann hätte ich keine Angst mehr. Wir könnten ihnen da jede Menge Spielmöglichkeiten bieten. Louis weiß bestimmt, wie man so was macht, wie man eine Hühnerbehausung baut.«

Fernand lächelt.

»Dann müssten wir den Bestand erhöhen.«

»Inwiefern erhöhen?«

»Wir könnten zehntausend Hühner unterbringen. Achttausend Masthähnchen, zweitausend Legehennen. Wenn wir andere Texter anheuern …«

Hannah sagt sich: zehntausend glückliche Hühner, zehntausend Hühner für mich.

Für die Zusammenarbeit würde sie Menschen auswählen, die ihr ähnlich sind. Sie könnten sich vor der Urne ihrer Mutter versammeln, um Strategien für das Verfassen der Biografien zu diskutieren: »Diesen Monat sollten wir eher auf Komik setzen, Material haben wir ja schon: Fidel hat einen echt skurrilen Sprung von der Rutsche hingelegt! Und das Versteckspiel von gestern sollten wir in unsere sich überlappenden Biografien übernehmen.« Sie denkt an den Onkel, der sagen würde: »Das ist doch schon wieder total widernatürlich, Hannah. Du nimmst deine Vergangenheit und verwurstest sie zu irgendwelchem Quatsch.« Sie nimmt sich ein Stück Schokoladenkuchen.

Könnte sie in der Stadt weiterhin selbst Hühner schlachten?

Fernand nimmt das Gespräch wieder auf: »Ich werde das gründlich durchdenken. Vielleicht können wir so viele unserer Probleme auf einmal lösen. In der Zwischenzeit schicke ich dir neue Hühner.« Er steht auf, und die Worte strömen aus seinem Mund wie ein Fluss, den er selbst nicht ganz zu beherrschen scheint. »Aber mal im Ernst, das könnte schon was sein, ein kleiner Anfang. Die Idee ist gut, ein bisschen albern, vielleicht steckt eine echte Eingebung dahinter. Seit bio hat niemand mehr versucht, das Huhn neu zu framen. Und bio richtet sich ja *gegen* etwas, das ist nichts Positives, so quasi – habt ihr Angst vor Pestiziden, dann kauft bio, das ist gesünder. Kleine Veränderungen gab es vielleicht, aber nichts Weltbewegendes, die Landwirtschaft war schon immer ein konservativer Markt. Die anderen werden nachziehen, also müssen wir ganz vorne einsteigen. Mit deiner Idee können wir uns womöglich ganz neue Infrastrukturen erschließen, und zwar ohne, dass es zu Lasten des Huhns geht. Im Gegenteil, wir bieten ihnen ein völlig neues Leben. Bist du dafür bereit? Abgesehen davon, dass du hier geboren bist, hat dieser Ort hier nichts Gutes hervorgebracht.«

XXI

Vielleicht ist es tatsächlich möglich, alles unter einen Hut zu bringen. Fernand sagt, es sei offensichtlich, dass es sich um ein Anliegen von öffentlichem Interesse handle. Hannah erwacht aus der Apathie: Zur Feier des Tages drückt sie Aval an sich, und Aval schnäbelt sie, um auch ihr seine Zuneigung zu zeigen. Sie werden sich ein kuscheliges Nest einrichten, und Louis, das ist ihr Wunsch, wird es entwerfen. Für sie und ihre Hühner wird er einen neuen Biografientempel errichten.

Jetzt muss sie ihm diesen Vorschlag nur noch unterbreiten. Hannah weiß nicht, wie sie es am besten angeht. Soll sie in die Stadt fahren, auf die Knie fallen, ihm die Hühner darbieten? Ein Abendessen, nur zu dritt, mit Aval, und sie übersetzt sein Gackern für Louis? Oder sollte sie ihn übers Wochenende einladen? Bei der Vorstellung bekommt sie Muffensausen, wie damals, als er zum ersten Mal auf den Hof kam. Er trug einen Anzug, wollte beim ersten Treffen mit der Mutter einen guten Eindruck machen. Hannah hatte es nicht geschafft, ihn vorzuwarnen. Er hatte sogar einen Blumenstrauß dabei. Sie sieht ihn noch vor sich, wie er über die mit Gänseblümchen übersäte Wiese geht, den winzigen Strauß in der Hand, die Mutter schmutzig und er mit neuen Schuhen, die in den Matsch einsinken.

Nein. Für diesen Vorschlag braucht sie einen jungfräulichen Kommunikationsweg. Sie installiert Skype auf ihrem alten Handy. Sucht Louis mit vollständigem Namen, dem Namen, an den sie nie denkt: Louis Becher. Es erscheint ein Foto von ihm, das sie nicht kennt, uralt, er ist darauf glattrasiert. Neben seinem Profilbild leuchtet ein grünes Emoticon. Sie klickt ihn zweimal an, eine Art Zustimmung. Louis nimmt genauso schnell ab wie sonst am Telefon.

Ihre Köpfe befinden sich nebeneinander auf dem Bildschirm. Hannah steigen bei dem Anblick Tränen in die Augen. Louis hat kurze Haare, er ist seltsam grob aus Pixeln zusammengesetzt, und man kann unmöglich sagen, ob sein Porträt schon vollständig ist oder noch Teile fehlen.

»Nach acht Monaten im Hühnerland bekomme ich dich also endlich mal zu sehen.«

Durch das fragmentierte Bild horcht er sie aus. Wenn die Stimmen zu laut werden, zerstückeln sich ihre Körper. Ihr digitales Wiedersehen könnte noch eine Weile so weitergehen, doch Hannah kann nur an die Rückkehr denken.

»Ich komme zurück in die Stadt«, sagt sie. »Wenn du einverstanden bist, würde ich gern wieder mit dir zusammenwohnen, in unserer Wohnung. Die Hühner ziehen auch mit um. Sie brauchen eine neue Bleibe.«

Die Verbindung ist rauschig, Schweigen macht sich breit. Einen Moment lang fürchtet Hannah, Louis könnte auflegen.

»Willst du einen Hühnerpferch in der Wohnung bauen?«

»Nein, nicht in der Wohnung. Wir brauchen eine riesige Farm in der Stadt. Für zehntausend Hühner. Die erste urbane Farm. Ich habe mir gedacht, dass nur ein Architekt wie du mit einer Freundin wie mir so etwas auf die Beine stellen kann.«

»Und wir wohnen dann wieder zusammen?«

Hannah nickt, mit einem Mal scheu geworden.

»Wenn du willst. Und was die Farm angeht, würde ich dir gern jemanden vorstellen. Den Investor. Es wäre schön, dieses Projekt gemeinsam anzugehen.«

Die Pixel rund um Louis' Mund werden größer. Hannah legt das als Lächeln aus. Natürlich sei er dabei. Er mache sich bloß Sorgen, dass er sich mit Hühnern nicht genügend auskennt, um ihnen eine passende Unterkunft zu bauen, doch Hannah bestärkt ihn, dass er das schon schaffe (wahrscheinlich ist es das erste Mal, dass sie diese Rolle übernimmt), sie werde ihm ja helfen.

XXII

»Innovatives Unternehmen im Bereich Geflügelaufzucht und -vertrieb sucht Texter (m/w/d) von Hühnerbiografien. Kaufmännische und literarische Vorkenntnisse erwünscht.«

Hannah hängt sich an dem Begriff *kaufmännisch* auf, doch Fernand versichert ihr, dass das keine Voraussetzung sei, sie ja aber durchaus jemanden bräuchten, der sich nicht in ausufernden Werken verliert, die an den Bedürfnissen der Kundschaft völlig vorbeigehen.

Um ihren Erfolg zu sichern, müssen sie mit Bedacht vorgehen, nicht zu schnell einstellen. Doch das Besetzen einiger Schlüsselposten ist unabdingbar: Sie brauchen eine Schreibkraft, ein paar Vertriebsleute, einen Buchhalter und jemanden für die Kommunikation.

Die große Nummer ist nicht außer Reichweite. Sie müssen es versuchen, und zwar schnell. Fernand scheut sich nicht, übers Geld zu sprechen, Hannah hört ihm gerne zu, wie er Zahlen herunterbetet. Das beruhigt sie, als hörte sie wohlmeinende Worte in einer Fremdsprache.

Auch Louis hat seine eigene Sprache. Sie zeichnet ihm den Hühnerstall ihrer Träume, erzählt ihm von den Gewohnheiten ihrer Tiere, und er hört aufmerksam zu, um ihre Worte in Lebenswelten umzusetzen. Er fragt: »Aber wovon träumen denn eigentlich die Hühner?«, und Hannah muss zugeben, dass sie auf diese Frage keine einfache Antwort findet. Seine Arbeit besteht darin, es zu erahnen. Nur so kann er ein wirklich schlüssiges Gebäude entwerfen. Also liest Louis alles über Hühner. Er beobachtet ihr Leben in Videos und macht sich Notizen über ihre Eigenschaften und Bewegungen. Weil seinen Beobachtungen zufolge die meisten Hühner Flugversuche unternehmen, skizziert er abrupt endende Rutschen. Gemeinsam – so oft hat das Telefon noch nie geklingelt – suchen Hannah und Louis im Katalog die Hauptattraktionen für die neue Residenz aus: ein aufblasbares Planschbecken, ein Panoramafernsehbildschirm, Spiegel, einen Hindernisparcours (ein geübtes Huhn kann unglaubliche Strecken überwinden und dabei Türen öffnen und schließen und sogar Schalter und Riegel umlegen). Grasbewachsener Boden und Scharrmöglichkeiten, das ist essenziell. Sie würde ihnen gern Eierhäuschen errichten, wie Tempel zu ihren Ehren. Sie und ihre Mutter waren einmal zu einer Beerdigung nach Spanien gereist. Sie erinnert sich nicht, wer damals beerdigt wurde, aber die Mutter hatte gute Laune, es muss also jemand aus der Verwandtschaft gewesen sein. Sie sagte immer wieder: »Jetzt ist es vorbei, das muss gefeiert werden.« Die Mutter wollte nicht sofort auf den Hof zurück, also fuhren sie zu einem vollkommen weißen Dorf an der Felsküste und hielten vor einem großen Haus. Der Reiseführer hatte verkündet – wohlgemerkt auf Katalanisch, und Hannah hatte sich gewundert, dass sie es verstand –, dass es sich hierbei um das Haus von Dalí handelte. Auf dem Dach und in Fensterbögen saßen riesige Eier, wie von den Wolken gelegt, und die Mutter lachte bei ihrem Anblick. »Also unsere Hühner würden so was nicht zustande bringen!«, sagte sie. Hannah stellte sich Dalí mit dem Bauch voller Eier vor.

Sie sind im Begriff, eine nie dagewesene Art von Huhn zu erschaffen – das Stadthuhn –, und wer weiß, wie diese Mutation sich manifestieren wird. Hannah möchte sie nicht drängen. Die Hühner sind auf eine für den Laien nicht ersichtliche Weise organisiert, und diese Ordnung zu stören, könnte ein gefährliches Ungleichgewicht zur Folge haben. Hühner können von erbarmungsloser Grausamkeit sein. Liegt ein Huhn verletzt auf dem Boden, hackt der ganze Hühnerhof darauf ein. Das ist eine Frage der Hierarchie, die Hühner wissen, was sie sich mit ihrem jeweiligen Körperbau, ihrem Gefieder erlauben können. Die soziale Ordnung der Gruppe kann von einem Moment auf den anderen infrage gestellt werden. Auf dem Hof herrscht Hector. Er ist weder besonders groß noch besonders stark, aber er ist ein ausgeprägter Opportunist. Seine Artgenossen richten sich nach ihm: Sie haben Vertrauen. Also isst und trinkt Hector vor allen anderen und scheucht die Untergebenen von der Sitzstange, wenn er sich darauf niederlassen will. Hier und da ein Schnabelhieb, und schon herrscht Ordnung. Wenn das nicht reicht, greift er zur Einschüchterung auf Schaukämpfe zurück, wie es auch ausgewachsene Hähne tun.

In den neuen Räumlichkeiten erwartet Hector wie auch andere ein ungewisses Schicksal. Man könnte meinen, dass sie es leichter haben als die Neuen (dass sie das Landleben kennen, sollte von Vorteil sein), doch die Übersiedelung von einem familiären Stall in einen Betrieb mit über zehntausend Tieren wird sie womöglich einschüchtern. Wenn ihnen dieser entscheidende Wechsel von einem Ort zum andern nicht gelingt, befällt sie womöglich das Heimweh und sie sterben daran.

XXIII

Eines Tages verkündet Fernand: »So, jetzt haben wir alle Genehmigungen beisammen.«

Hannah nimmt sich die Zeit, allen Hühnern zu erklären, was sie erwartet, damit sie nicht nervös werden. Einmal angekommen, werden sie sich anständig benehmen müssen. Tun, was von ihnen verlangt wird. Sie sagt: »Unsere Familie vergrößert sich.«

Es gibt keine Einwände.

Vom Hof nimmt sie nichts mit, außer der Urne und dem Gewehr. Beim Gewehr hat sie gezögert, es ist ein Gegenstand, der rein gar nichts Urbanes an sich hat. Doch es ist auch das Einzige, das in ihr eine Erinnerung an die Mutter weckt. Also verstaut sie es, eingeschlagen in Geschirrtücher, in einer Reisetasche.

Fernand kommt, um ihr beim Umzug zu helfen. Er hat gesagt, dass er dabei sein will, wenn Hannah den Hof abschließt. Er ist es, der die Urne zum Auto bringt. Es rührt Hannah, dass er die Überreste ihrer Mutter trägt. Er legt ihr eine Hand auf die Schulter und übt leichten Druck auf den Muskel aus.

»Ich würde gern zum Andenken ein Foto von euch machen. Ein Familienfoto.«

So etwas hat Hannah nie besessen. Sie und ihre Mutter hatten einander immer versichert, dass zwei zu wenig dafür seien. Man braucht ja auch noch jemanden, der das Foto schießt, und dann würde in ihrem Fall nur noch eine Person vor dem Objektiv stehen.

Fernand legt den Bildausschnitt fest: Vor dem Hühnerstall soll es sein. Sie werden das Puppenhaus ins Zentrum rücken, davor soll Hannah stehen, mit Aval im Arm. Dahinter alle anderen Hühner. Fernand legt eine unsichtbare Körnerlinie aus, damit die Hühner an Ort und Stelle bleiben. Das Licht ist gut, die Sonne wird bald untergehen. Fernand tritt ein paar Meter zurück, damit alle aufs Bild passen, drückt auf den Auslöser, schimpft und richtet sich neu aus, sagt zu Hannah: Bitte lächeln, und zu den Hühnern, dass sie nach vorn schauen sollen, doch niemand hört auf ihn. Es werden Fotos geschossen, bis jede Feder sitzt.

Die Tiere werden abends verladen, weil das für sie weniger Stress bedeutet. Dafür gibt es eine spezielle Methode, strikt nach Protokoll. Die Hühner werden im Zwielicht eingefangen – Lichtstärke unter 15 Lux mit hohem Blauanteil –, damit sich das überaus lichtempfindliche Geflügel leichter greifen lässt. Würde man sie dann brutal dem Tageslicht aussetzen, könnte es bei den Hühnern zu Panikreaktionen kommen und sie würden Gefahr laufen, zu ersticken.

Vier Männer sind mit der Beladung des Transporters beschäftigt, sie nennen das »Pflücken«. Sie greifen die Hühner an einem Lauf, bis sie Trauben von drei Tieren in jeder Hand halten (ihre Hände sind groß und kräftig). Sie erklären, dass das bei Enten anders läuft, die fassen sie am Flügelansatz oder am Hals und niemals an den Läufen, weil sie messerscharfe Krallen haben. Dann werden die Hühner in Käfige gesteckt.

Jeden Abend verrichten diese Männer dieselbe Arbeit. In größeren Betrieben verladen sie Tausende Vögel in Rekordzeit. Mit einer Truppe von zehn Mann schaffen sie im Schnitt sechstausendfünfhundert Hühner, viertausend Perlhühner oder zweitausend Puten pro Stunde.

Hannah verschließt die Pforte. Sie wirft keinen Blick zurück, steigt in den Mercedes. Es ist, als würde sie auf Reisen gehen, sie empfindet dieselbe Art von Freude. Eine Mission erwartet sie. Aval sitzt reglos auf dem Rücksitz in einem großen Käfig, der vom Anschnallgurt gehalten wird. »Jetzt beginnt unser neues Leben, wir können stolz auf uns sein«, sagt sie zu ihm. Sie wirft ihm durch den Rückspiegel einen Blick zu, wie man es bei einem Kind machen würde. Und er bleibt brav sitzen, den Blick starr auf die Straße gerichtet.

I

Hannah verstaut das Gewehr und die Urne unterm Bett und legt sich hin. Es war keine lange Fahrt, trotzdem ist sie ziemlich erschöpft. Sie hat sich selbst dem Hof entrissen. Ihre Hühner müssten mittlerweile in dem neuen, für sie bestimmten Gebäude angekommen sein. Vielleicht sind sie sich der Beförderung, die sie erhalten haben, bewusst. Sie stellt sich vor, wie sie stolz ihre Plastikwiese vermessen, sich mit dem Komfort moderner Innenausstattung vertraut machen. Vielleicht hat Fernand ihnen eine Willkommensrede gehalten. Sie wird sie bald sehen.

Die Wohnungseinrichtung ringsum scheint ihr vertraut, ohne dass sie sich darin wirklich wohl fühlt. Ihre Klamotten und ihr Krimskrams sind sehr präsent, liegen auf den Metallregalen neben Büchern über Geflügelstallanlagen, als hätte Louis verdeutlichen wollen, dass er sie nicht vergessen hat. Der Stadtmensch ist treuer als der Dorfmensch. Am Kühlschrank sind in zufälliger Anordnung die für ihn geschriebenen Biografien mit Tiermagneten angebracht. Die Bettwäsche riecht nach ihm. Bald wird er nach Hause kommen. Während sie die Nase in sein Kissen vergräbt, kommt die Sehnsucht auf einen Schlag, durchfährt sie wie ein Messerstich. Um nicht zu weinen, leckt Hannah langsam das Kissen ab, hinterlässt eine farblose Spuckespur, um ihr Revier zu markieren.

Die Straße ist ruhig. Die Nachbarn befinden sich hinter doppelter Verglasung. Nur Aval brabbelt leise in seiner Transportbox vor sich hin. Hannah sagt sich, dass die Reise auch für ihn anstrengend gewesen sein muss. Also lässt sie ihn frei und er stürzt sich auf den roten Teppich. Es ist sein erster Umzug; er zerrt heftig an den Fäden, die nicht nachgeben. Sein Schnabel verhakt sich und Hannah bittet ihn, sich zu beruhigen. Sein Ungestüm verträgt sich nicht mit der Wohnung. Synthetische Textilien sind nichts für Hühner. Sie hatte nicht an den Teppich gedacht. Jetzt wird ihr klar, dass der Teppich nur ein modernerer Rasen ist. Sie hätte Louis vorwarnen sollen, dass sie nicht alleine kommt. Eigentlich sollte es eine Überraschung sein, aber ein Huhn ist eben kein Hund.

Unter lautem Gackern dreht Aval eine Runde in der Wohnung. Die Nachbarn könnten ihn hören. Hannah streicht ihm über den Rücken, doch es nützt nichts, er wird panisch und hackt mit dem Schnabel auf ihre Fingerspitze. Sie flüstert ihm ganz leise in die Nähe der Ohrscheiben: Hier gibt es zwar kein Gras, aber bald bekommst du Spielzeug und Körner. Es wird Zeit, dass er begreift, dass Wohnungshuhn zu werden, einen sozialen Aufstieg bedeutet. Sie sollten das gemeinsam feiern. Doch Avals Schreien wird lauter.

Hannah öffnet das Fenster.

Die Luft ist nicht so frisch wie auf dem Hof. Von der anderen Seite der Chaussee sehen ihr identische Fenster entgegen. Einige der Nachbarn haben sicher schon ihre vakuumverpackten Hähnchen gekauft. Vielleicht sind sie ihretwegen zum Tierwohl konvertiert, machen sich Gedanken über ihr Fleisch. Vor Stolz schwillt ihr die Brust. Die Nähe der Konsumenten bestärkt sie.

Auf der Straße gibt es weder Mensch noch Natur. Beim Blick nach unten wird ihr schwindelig.

Hannah greift sich Aval, streckt die Arme aus dem Fenster, lässt ihn über dem Abgrund schweben. Er sieht sie verständnislos an, schlägt vergebens mit den Flügeln. Würde sie ihn loslassen, könnte er noch so sehr flattern, es wäre vergeblich; Hühner sind zu schwer zum Fliegen. Aval würde mit seinem ganzen Gewicht auf dem Gehweg aufschlagen, nur ein Kaugummifleck würde ihn leicht abprallen lassen. Sie würde ihn einsammeln müssen. Wer würde schon glauben, dass ein Huhn Selbstmord begeht?

II

In den Bollywoodfilmen ihrer Mutter ist der Moment des Wiedersehens stets ein emotionaler Höhepunkt. Die Kamera ahmt das Herzklopfen nach, fährt dichter an die Charaktere heran, entfernt sich, nähert sich wieder. Die Farben werden mit einem Mal leuchtender, ein Leben lang haben sie auf diesen Augenblick gewartet, ihre Hände berühren sich und die Sinne schäumen über, es kommt zum Kuss.

Um neunzehn Uhr tritt Louis durch die Wohnungstür und legt den Schlüssel auf den Tisch. Hannah verspürt die Nervosität der Verliebten. Ihre Gliedmaßen zittern. Sie bewundert ihn aus der Ferne, mustert ihn einen Moment lang, als würde sie Inventur machen. Seine Fältchen, das Elfenbein seiner Zähne, die großen braunen Augen und das Grübchen am Kinn sind noch da, wie am Tag ihres Abschieds.

Ihre Körper verharren einige lange Sekunden in der Anspannung, bis Louis sich schließlich auf Hannah stürzt, sie mit seinen zwei mal vier Fingern streichelt. Sein Kopf neigt sich, seine Nase liegt an ihrem Hals: Er riecht an ihr. Er sagt dreimal »Hallo«, jedes Mal ein wenig lauter, hält fest, dass sie wirklich gemeinsam an einem Ort sind, dass ihre Stimmen nicht aus dem Hörer kommen, sondern aus ihren aneinandergeschmiegten Körpern. Sie lässt sich mitreißen, küsst ihn, ihre Spucke vermischt sich, und es ist eine Freude, die Flüssigkeiten wiederzuentdecken. Aval ist im Schrank versteckt. Hannah befürchtet, er könnte sich durch Gackern verraten, also setzt sie zu einem neuen Zungenkuss an. Sie ist noch nicht bereit, ihr gemeinsames Haushuhn zu diskutieren. Man muss kommunizieren, irgendwas sagen, egal was.

»Du hast gestrichen.«

Louis begnügt sich damit, zu lächeln, als hätte sie ihm ein Kompliment gemacht. Er drückt sie fester. Stinkt sie womöglich nach Huhn?

»Sollen wir was essen gehen? Wir haben eh nichts im Haus.« Er traut sich nicht, »zu Hause« zu sagen. Sie stimmt zu: Ja, lass uns rausgehen, ich möchte die Stadt wiedersehen. Sie ist diejenige, die abschließt, und das Schloss klemmt ein bisschen.

Über ihnen schweben falsche Kronleuchter in bunten Farben. Das italienische Restaurant kommt ihr nicht bekannt vor. Louis insistiert: Weißt du nicht mehr, das Bild?

Es zeigt eine Landschaft ohne Tiere, grün und hügelig, die sie an den Hof erinnert, nur an den Hof, aber das ist nicht die richtige Antwort. Die Rückkehr zu den Ursprüngen hat ihr scheinbar das Gedächtnis gekappt. Hannah würde Louis gern erzählen, was in all diesen Monaten passiert ist, doch sie findet nicht die passenden Worte. Er hat die Biografien gelesen, er weiß Bescheid. Louis hat weiche Haut, sie erfreut sich daran, seine Handfläche zu streicheln. Louis ist ein richtiger Städter, der weder

Bäume noch Tiere benennen kann. Was ihm fremd ist, findet er »schön«, und »lustig«. Er kennt Hühner nur in der Theorie.

Louis bohrt weiter. Sie kann doch das Restaurant, dieses Bild nicht einfach vergessen haben. Beim letzten Mal hätten sie über das postkartenartige Motiv gelacht. Sie waren sogar mal gemeinsam in der abgebildeten Gegend, in der Toskana bei Florenz. Damals kannten sie sich noch nicht lange. Sie hatten mit einem riesigen Kruzifix über dem Bett in einem Kloster geschlafen und sich gegenseitig vor Brunnen fotografiert. Auch wenn Louis es nie zugegeben hat, war es nicht bloß ein romantischer Urlaub, er wollte die Umgebung für ein Bauvorhaben auskundschaften. Hannah schüttelt den Kopf: Nein, da klingelt nichts. Das bereitet Louis ungeahnten Kummer. Er denkt: Sie ist mir endgültig entglitten. Er hat das Gewicht der Wurzeln in Hannahs Struktur unterschätzt. Er hätte sich die Zeit nehmen und zur Trauerfeier kommen sollen, um dann den Hof zu einem Ferienhaus umzubauen, das man vermieten kann. Morgen wird Hannah zum ersten Mal das Gebäude sehen, das er für sie errichtet hat, für sie genauso sehr wie für die Hühner. Er hat ungeahnt viel Liebe hineingesteckt – wenn es um die Tiere geht, kennt seine Frau keinen Spaß. Sie wollte einen Hof wie ein Monument, und den hat sie bekommen. Er hätte sie am liebsten zum ersten Treffen direkt dorthin geführt, mit ihr auf der Wiese gepicknickt, doch das wollte Fernand nicht. Mit diesem Fernand kann er irgendwie nichts anfangen. Wenn der nicht so hässlich wäre, hätte sich vielleicht Argwohn in ihm geregt. Hannahs Finger trommeln auf dem Tisch und machen seltsame Geräusche. Es wäre gut, etwas zu sagen, doch die Gefühle hemmen Louis'

Zunge. Auf seinem Telefon hat er Fotos aus den letzten Monaten für sie gespeichert: die Mittagssonne, die auf ihr Bett fällt und andere zarte Momente. Manche Bilder, die sie verletzen könnten, hat er gelöscht. Zu wissen, womit er sich einsame Nächte vertrieben hat, nützt niemandem. Der Kellner kommt nicht.

»Hast du die Asche verstreut?«

»Nein, ich habe sie dabei. Sie ist unterm Bett.«

Sie werden über einer Toten schlafen. Louis weiß nicht, ob ihm die Vorstellung behagt. Er ist nicht abergläubisch, aber die Mutter hat ihnen noch nie besonders viel Glück gebracht. Er würde gern Hannahs Erklärung dafür hören, doch sie spricht nicht weiter. Es ist an ihm, um die richtigen Worte zu ringen. Nicht wiederholen, was schon am Telefon gesagt wurde. Nicht von ihrer gemeinsamen Arbeit sprechen. Er hat Lust, sentimental zu werden.

»Als ich auf dich gewartet habe, kam ich mir vor wie Penelope.«

»Und was hast du mir gewebt?«

»Ein Tuch mit Hühnermotiv.«

Hannah lacht, sie entblößt ihre auseinanderstehenden Zähne. Louis lacht mit ihr.

»Wie geht es denn deinen Tieren?«

»Morgen sehe ich sie wieder, sie sind gut auf der neuen Farm angekommen. Es gab keine Zwischenfälle.«

Sie hält inne, bläht jedoch die Wangen auf, will noch etwas sagen. »Es gibt da ein Huhn, es heißt Aval ... Ich habe ihn mit zu uns gebracht. Damit er sich akklimatisiert. Wir haben eine besondere Verbindung. Ich glaube, du würdest ihn auch mögen. Er erinnert mich an dich.«

Louis zuckt zusammen. Für wenige Augenblicke überkommt ihn eine Vorahnung, dass ihr »wir« von nun an den Hühnern vorbehalten ist.

III

Aval hat es geschafft, sich aus dem Schrank zu befreien, war immer wieder aufgeflattert, bis er den Knauf zu fassen bekam. Es sieht aus, als würde er zu Hause auf sie warten, in typischer Haustierverrenkung auf dem Sofa eingerollt. Er lernt schnell. Auf dem Hof hat sie ihn nie in dieser Körperhaltung gesehen. Als er die Menschen hereinkommen hört, richtet er sich ein wenig auf und öffnet die Lider. Louis drückt auf den Schalter und offenbart Aval in voller Beleuchtung. Sein Gefieder hat im Neonlicht eine goldbraune Färbung angenommen. Nun scheint es, als würde er ihnen zulächeln.

Louis greift nach Hannahs Hand, und sie weiß nicht, ob vor Rührung oder vor Angst, ob er es nach der Lektüre all dieser Fachbücher für möglich hält, dass ein Huhn eine Bedrohung für den Menschen darstellt. Sie streichelt seine Hand und ertastet die vier Finger und ihr wird klar, dass es keine Probleme geben wird, dass auch er einer von ihnen ist. Louis flüstert, als wollte er nicht, dass Aval ihn hört: »Wir haben zu wenig Platz für ihn, ich hätte hier auch ein bisschen umbauen sollen, damit er sich wohlfühlt.«

Mit ausgestreckter Hand macht er ein paar Schritte vor, wie beim Ziegenfüttern im Zoo, das ist die erste, urtümliche Annäherung an ein Tier, die Hand ausstrecken und abwarten; so wie man nach der Geburt als Erstes die Nabelschnur durchtrennt. Louis sieht Hannah flehend an, sie soll ihm erklären, wie es weitergeht. Sie weigert sich. Sie möchte sich nicht einmischen. Er muss seine eigene Erfahrung machen.

Louis nähert sich Aval weiter, bis er direkt vor ihm steht. Dann begreift er, dass es nichts bringt, die Hand auszustrecken. Er kniet sich vor ihn, sagt »Hallo«, und Aval gibt ein krähendes Geräusch zur Antwort, Louis lächelt, schließt ihn in die Arme. »Ich hätte nicht gedacht, dass er so weich ist.« Seine Stimme klingt so verändert, dass Hannah sie gar nicht wiedererkennt, geradezu väterlich.

IV

»Ihr werdet schon sehen, unseren Hühnern geht es da richtig gut.«

Fernand fährt mit konstanter Geschwindigkeit durch die Stadt, bis er die Peripherie erreicht. Es ist eine hübsche Peripherie voller Läden, Fußgängern, Leben, all dem, was nun im Stadtzentrum fehlt. Der Einzelhandel ist von dort zum großen Teil an die Ränder abgewandert. Nur Fernands Supermarkt in einer belebten Straße hält sich wacker.

Louis und Fernand haben viel zu besprechen: Sie reden ununterbrochen über technische Einzelheiten und ihr unbekannte Standards und siezen sich dabei. Sie versteht nichts von ihren Unterredungen und weiß nicht, was sie voneinander halten mögen. Sie sind beide für sie da, und das reicht ihr, um ausgeglichen zu sein. Sie lässt sich einlullen von den Stimmen, die sich ihrer annehmen, sie zu dem Ort führen, der sie und auch die Hühner beherbergen wird.

Als das Auto zum Halten kommt, steigt Hannah aus. Louis legt ihr die Hand auf den Rücken, wie um sie zu stützen. Fernand streckt die Brust heraus.

Sie sind da.
Das ist die neue Farm.
»Und?«

Um das Gebäude in seiner Gesamtheit zu erfassen, muss man den Kopf in einem bestimmten Winkel zurücklegen: Nicht, dass es besonders hoch wäre, es geht eher in die Breite, als hätte es Übergewicht, man hat den sonderbaren Eindruck, dass die Fassade sich ablösen und einen erschlagen könnte. In diesem Bürogebäude sind die Hühner versteckt. Einen Moment lang stellt sie sich vor, wie sie in Anzug und Krawatte auf eine Computertastatur einhacken, Hector den anderen Anweisungen erteilt und ihnen als teambildende Maßnahme Tai-Chi oder eine morgendlichen Joggingrunde verordnet. Hannah verspürt eine geradezu körperliche Sehnsucht, sie zu sehen, zu hören, wie ihr Gackern hier klingt.

In dem ganz in weiß gehaltenen Foyer gibt es keine Hühner, dafür zehn sehr saubere Angestellte. Hannah erkennt einige von ihnen: Sie hat ihre abgeschnittenen Köpfe auf den Lebensläufen gesehen. Ihre vom Lächeln verengten Augen sind auf sie gerichtet, Mundwinkel ziehen sich Richtung Stirn. Das hat Hannah nicht erwartet, sie blickt zu Fernand, der in die Hände klatscht, gemeinsam mit Louis und den Angestellten applaudiert. Sie hätte die Räumlichkeiten gerne als Erste gesehen, kahl, wie bei einer Besichtigung. Nun muss man auf die Gesichter achten, die Gesichter haben neben den Räumlichkeiten Vorrang. Natürlich ist kein einziges Huhn Teil dieses Ehrenspaliers. Auf dem Hof hatte die Mutter nie zu viele Menschen auf einmal empfangen. Sie pflegte zu sagen: »Das hier ist das Reich der Tiere, man soll nicht alles durcheinanderbringen.«

Die lächelnden Münder senken sich allmählich wieder. Sie warten ab. Fernand flüstert: »Du solltest ein paar Worte sagen.« Am liebsten würde Hannah schreien: »Anständige Hähnchen aus anständiger Haltung!«, wie auf dem Markt, doch ihr ist klar, dass dies nicht die Art von Äußerung ist, die von ihr erwartet wird. Also zerrt sie ihre Gesichtsmuskeln auseinander. Fernand klopft ihr auf den Rücken, damit sie sich in Bewegung setzt, doch sie sträubt sich.

»Sollen wir uns mal umsehen, Hannah?«

Louis Hand in ihrer gibt den Anstoß. Die Gruppe der Angestellten bleibt einen Moment wie angewurzelt stehen, bevor sie sich lautlos zerstreut.

Um zu den Hühnern zu gelangen, muss man einen Aufzug nehmen; er fährt hinauf in ihre »Lebenshalle«, zwei Stockwerke über der Sterbehalle. Die Anlage ist von tadelloser Logik. Louis ist von tadelloser Logik.

Im achten Stock pingt der Aufzug wie eine Mikrowelle. Fernand springt mit einem Satz aus der Kabine, Louis' Nerven sind zum Zerreißen gespannt, er fixiert Hannah mit dem Blick, als würde er sie anflehen, etwas zu sagen, das Gebäude gut zu finden; sie lächelt ihm zu. Fernand bleibt in einigen Metern Entfernung stehen und zeigt auf eine transparente Trennwand. Hannah geht darauf zu und schließt die Augen, presst die Lider zusammen.

Als Erstes erkennt sie eine leblose Landschaft. Im Mittelpunkt eine parzellierte Ansammlung von Puppenhäusern mit rosafarbenen Fensterläden, umgeben von einem Park sowie Balken und Rutschen, verlassen wie ein Kindergarten bei Nacht. Die Hühner halten Abstand. Sie sind noch nicht bereit, ihr Masthähnchendasein abzuschütteln, sagt sich Hannah. Das kommt schon noch. Schön ist es hier, ein funkelnagelneuer Vergnügungspark, der nur noch auf seine Einweihung wartet. Louis steht hinter ihr und fasst sie an den Schultern, sein Atem ist warm. »Gefällt es dir?« Natürlich gefällt es ihr. Hier hätten sie ihren ersten Abend verbringen und inmitten der Hühner essen und trinken sollen, sich auf ihre Federn betten. Sie könnte einen Festakt organisieren, Musik und ein rotes Band zum Durchschneiden. Sobald die Hühner mit diesem Spielangebot in Kontakt kommen, denkt sie, werden sie sich wandeln. Sie werden andere Erwartungen, andere Gelüste entwickeln. Bald werden sie vollkommen urbanisiert sein, und genauso gern Karussell fahren wie Gras picken.

Rund um den Wohnbereich stehen Eierhäuser, große ovale Hühnerställe aus weißem Beton, indem bis zu hundert Tiere unterkommen können. Sie sind einer Eierschale perfekt nachempfunden, auf einer Seite befindet sich wie bei einem geköpften Frühstücksei eine Öffnung, durch die man hinein und hinaus kommt. Hier und da stehen falsche Bäume mit ausladenden Sitzstangen. Die Farben sind kräftig und selbst hinter der Scheibe riecht es nach synthetisch-frischem Gras. Ein Bildschirm an der Decke zeigt einen blauen Himmel. Einige harmonisch geformte Wolken schweben vorbei.

Hier wird es nie wieder Winter sein. Louis hat einen Ort des ewigen Frühlings erdacht.

Die Flut von Hühnern hat sich auf die rechte Seite der Wiese verkrochen, sie regen sich fast nicht. Wie viele sind es? Laut Fernand achttausend, die zweitausend Legehennen wurden auf ein anderes Stockwerk verbannt. Die Hühner sind derart zusammengedrängt, dass man sie für ein einziges riesenhaftes Tier halten könnte, einen überdimensionierten Federbusch mit hundert Schnäbeln und tausend Füßen. Tatsächlich glatt achttausend?

»Können sie mich hier sehen?«

»Das ist eine Einwegscheibe, sie sollen ja durch unser Kommen und Gehen nicht gestört werden.«

Hannah drückt die Augen gegen die gläserne Trennwand. Wo ist Hector? Und Dicke Bohne? Sie richtet den Blick neu aus, hält in der Traube nach einem bekannten Huhn Ausschau, an das sie sich halten kann, doch sie findet keines. An der Entfernung kann es nicht liegen, auf dem Hof konnte sie sie noch vom anderen Ende der Wiese erkennen. Sie konnte ihr Piepen unterscheiden wie menschliche Stimmen.

»Wo sind meine Hühner?«

»Da drinnen, bei den anderen.«

Der erwartete Kampf zwischen den alten und den neuen hat nicht stattgefunden. Stattdessen drängen sich die Hühner amorph zusammen, bis sie alle gleich aussehen. Hannahs Blick verliert sich zwischen den Vögeln. Einer von ihnen erwidert ihren Blick, bevor er die Augen abwendet. An diesen Blick klammert sich Hannah: Victoire. Dieselben Sporne, dieselbe Kopfhaltung, als würde er die Landschaft herausfordern. Doch Victoire gehörte nicht zu den Hühnern, die hierher umgezogen waren, Victoire war dem Massaker zum Opfer gefallen. Seine Überreste lagen auf der Wiese verstreut. Klagend und mit schwacher Stimme ruft Hannah: »Victoire?« Victoire gibt keine Antwort. Das Huhn rechts von ihm piepst, und der Ruf erinnert Hannah an Tristan. Einer der Verschwundenen. Tristan mit den dunklen Tupfen auf dem Gefieder. Sie fröstelt. Ihr Blick verschwimmt. Es ist, als wären alle Verstorbenen mit einem Mal ins Leben zurückgekehrt, um sie nun hier, auf dieser neuen idyllischen Farm heimzusuchen. In jedem Huhn, das hier herumspringt, erkennt sie ein Gespenst. Eine Armee von untoten Hühnern unter diesem Anti-Himmel, zum Angriff bereit.

»Stimmt etwas nicht?«

Fernand legt ihr eine Hand auf die Schulter, Hannah entzieht sich ihr. Womöglich hat er die Tiere gestohlen, um sie zu dem Umzug zu drängen. Sie stellt sich vor, wie er tote Hühner gegen das Fenster wirft, ein fieses Grinsen im Gesicht. Wie er die Überlebenden in die Stadt verschleppt. Clever kalkuliert. Und sie wäre hier mit dem Täter in diesem weißen, geschlossenen Raum eingesperrt. Mit einem Mal kommt es ihr so vor, als hätte sie das Hühnermassaker durchschaut. Sie empfindet nicht die geringste Freude darüber, sondern bloß einen stummen Schrecken.

»Geht es dir gut?«

Fernands Stimme ist freundlich, er ist immer noch ihr Verbündeter auf dem Markt, derjenige, der Hühner zum Einschlafen bringen kann, indem er ihnen den Kopf streichelt. Hannah weiß nicht mehr weiter. Sie möchte hier weg, doch gerade, als sie sich umdreht, um einen letzten Blick auf die Wiese zu werfen, sieht sie ihn, den kleinen braunen Getupften abseits der Herde. Mit dem Ausdruck seliger Kontemplation hat er den Kopf zurückgelegt und blickt gen Himmel. Sie hatte ihn gar nicht bemerkt. Er macht zwei knappe Schritte, hüpft, ohne den Kopf zu senken.

Er hat nur einen Fuß.

Er würde sich gern zu den anderen gesellen, doch die Entfernung scheint unüberwindbar, zwischen ihnen liegt eine ganze Wiese. Auf sein gesundes Bein gestützt, muss er seinen dicken Körper nach vorn wuchten. Seine Flügel wackeln. Er hüpft auf einem Bein, erhobenen Hauptes, trotz der Anstrengung. Bei jedem Schritt meint man, er würde umfallen und nie wieder aufstehen. Hannah gleicht ihren Atem dem Takt seiner Schritte an. Sie keucht gemeinsam mit ihm, mit diesem ungelenken Hühnerkörper auf offenem Feld.

»Der da drüben, der soll Panache heißen«, sagt sie.

Mit einem Mal spürt Hannah, wie ihr Bauch sich zusammenzieht und ihr ein Lacher entfährt. Fernand beginnt, ebenfalls zu glucksen, und dann auch Louis. Sie bleiben gemeinsam vor der Scheibe stehen und beobachten den Vormarsch des Einbeinigen. Sie lachen lange und grausam, und die Hühner können es nicht hören.

V

Sie haben noch keine Texter eingestellt. Die Abteilung gehört im weiteren Sinne zur Aufzucht, deswegen kommt es Hannah zu, sie anzuwerben. Wenn man Hühner braucht, muss man zu einem Züchter wie Gustave fahren, darauf achten, dass die Tiere gesund sind und kein gefärbtes Gefieder haben. Bei den Textern sind zwei Schritte vonnöten: erst die Durchsicht der Bewerbungen, dann ein Vorstellungsgespräch.

Mit ihrer Hilfe wird sie Menschenskinder samt ihrer Biografien im industriellen Maßstab produzieren. Das war die Idee hinter diesem Umzug: mehr Biografien. Der Status der Hühner in der kollektiven Vorstellung wird sich wandeln. Sie könnte Medienauftritte absolvieren, Aval auf dem Schoß, um der Intelligenz ihrer Tiere zu huldigen. Sie ist nun, so steht es in ihrer Stellenbeschreibung, *Showrunner.* Ihre Aufgabe ist es, ein kohärentes Universum zu schaffen, in dem die Leben der Hühner sich abspielen. Und zwar ohne sie töten zu müssen. »Du kannst nicht auf zwei Hochzeiten gleichzeitig tanzen«, hatte Fernand gesagt, »die Exekution ist mit den Interessen der Hühner nicht vereinbar.«

Hannah setzt sich an ihren Schreibtisch, und ihre Körperhaltung – runder Rücken, einen Kugelschreiber in der linken Hand – versetzt sie in den Biografenmodus. Die aufgestapelten Lebensläufe der Bewerber sind mit Notizen vollgeschrieben bis zum Rand. Jonas, Louise, Cléa, Fabien, Amat, Sonia. Alles potenzielle Hühnernamen.

Es ist, als hielte sie lauter nicht von ihr geschriebene Leben in den Händen. Sämtliche Mängel einer schlechten Biografie lassen sich darin finden. Victor Sanpair verfügt über, wie er schreibt, zahlreiche Qualitäten. Die darauffolgende ausführliche Liste reicht von Lebensfreude bis hin zu Pünktlichkeit. Cléa Vèpres ist ganz vom Schreiben beseelt; ihre Bewerbung ist randvoll mit Querverweisen, die Hannah nicht versteht. Sie kommt von der Schriftstellerei, verfasst schon seit frühester Kindheit Liebesromane. Jonas Baumann lebt zwischen vier Städten. Er stammt aus dem Arbeitermilieu, war Müllmann und Maurer, bevor er zum Journalisten umschulte, Spezialgebiet: »Vermischtes«. Die Daten seiner Arbeitsverhältnisse überlappen sich: Hannah findet verdächtige Überschneidungen und umkringelt sie in einem Zug mit Rotstift, wie sie es mit Rechtschreibfehlern in den Biografien gemacht hat. Hobbys: Kino, Reisen, Japan usw. Manchen so auf dem Papier ausgebreiteten Leben haftet der Geruch der Verzweiflung an. Hannah selbst hätte bei dieser Aufgabe vielleicht auch nicht besser abgeschnitten, hätte bestimmt über die Mutter geschrieben, über ihren Ekel vor Fleisch, über Charles, das Urhuhn. Irina schreibt unter »Meine Leidenschaft«: Hühner. Nur das eine Wort. Tot oder lebendig? Bestimmt tot. Hannah schreibt an den Rand: »Meine Leidenschaft:

Chicken Wings?« Der Lebenslauf von Hadrien Milan irritiert durch seine Leere. Ein paar aufs weiße Papier geklatschte Daten verweisen auf Arbeitsverhältnisse ohne Geschichte. Sie sieht nur dieses klaffende Loch, zehn Lebensjahre ohne jeden Kommentar. Ihn wird sie als Erstes einladen.

Der Besprechungsraum ist ein großzügiger, makelloser Kubus. Fernand und sie setzen sich in die Mitte. Sie hätte diesen Teil gern in die Hühnerhalle verlegt, damit auch die Tiere ein Urteil über ihre Biografen fällen können, wie in einer Arena. Das hätte eine neue Verbindung zwischen ihnen geschaffen. Sie hätte ihre achttausend Hühner zwischen zwei Vorstellungsgesprächen befragt und anhand ihrer Schnabelneigung abgeschätzt, ob sie den potenziellen Texter als Biografen akzeptieren würden. Scharlatane hätten sie womöglich attackiert, sie mit einem Flügelhieb aus dem Raum befördert. Hector hätte das gekonnt, hätte Eindringlinge in die Flucht geschlagen. Wenn ich mehr Verantwortung trage, dann sollten das auch die Hühner, denkt sie. Fernand ergreift das Wort.

»Ich würde folgendermaßen vorgehen: Die Fragen stelle ich. Du stellst dich vor und gehst vielleicht noch auf ein paar wichtige Punkte ein. Warum die Verbundenheit mit den Hühnern? Und so weiter und so fort. Ich habe dir eine Liste vorbereitet, falls dir irgendwann nichts mehr einfällt.«

Auf dem Zettel, den Fernand ihr hinhält, stehen in zunehmend kleiner werdender Schrift typische Fragen. Hannah liest: »Was begeistert Sie an dem Projekt?«

Die Klinke bewegt sich, erst vorsichtig, dann öffnet sich mit einer brüskeren Bewegung die Tür. Ein Mann steckt den Kopf herein. Er ist groß und bärtig und wirkt jünger, als seine Bewerbung vermuten ließ. Es ist Hadrien. Lange Nase, bleicher, mit dem Gesicht verschmelzender Mund und große runde Augen. Er sagt: »Mir wurde gesagt, ich soll reinkommen.« Er betritt den Raum. Seine Schritte sind zu zaghaft für einen sicheren Auftritt.

»Ich bin in Paris geboren und habe dort mein ganzes Leben verbracht, meine Mutter kam vom Land, ich weiß nicht mehr genau, aus welcher Region. Ich spüre, dass meine Wurzeln dort liegen und würde gern zu ihnen zurückfinden.«

Zum Satzende hin krümmt er sich ein wenig, als würde ihm ein Schauer über den Rücken laufen. Hannah glaubt ihm, was er sagt. Es ist vielleicht nicht sonderlich clever, doch es inspiriert sie: Er könnte ein auf diesem falschen Hof geborenes Huhn sein, dass jede Nacht von den Wiesen im Heideland träumt.

Die Antworten der Kandidaten kommen schwallartig und in wechselndem Takt: »Ich glaube, wenn man einen Schritt nach vorn tun will, sollte der Schritt nicht zu groß sein«, »Ich brauche die Gefahrensituation«, »Meine berufliche Tätigkeit ist nicht an meinen Wohnort gebunden, ich würde gern eine Verbindung zum Ländlichen haben, ohne dort zu leben«, »Ich weiß, dass Ihr Unternehmen meinen beruflichen Erwartungen entspricht und mir die Unternehmensstruktur wirklich zusagt«, »Ich möchte die Tierwelt verstehen lernen«, »Ich bin wirklich hochmotiviert«.

Fernand trägt die Fragen in einem professionellen Tonfall vor, den sie von ihm noch gar nicht kennt: »Aber was ist es, das Sie im Kern antreibt?«

»Warum Tiere?«

»Woher nehmen Sie Ihre Inspiration?«

»Wie hießen Ihre Hunde und Katzen, als Sie noch klein waren?«

»Haben Sie schon einmal einen Nachruf verfasst?«

»Sind Sie wirklich entschlossen, hier zu arbeiten?«

»Beschreiben Sie mir ein Huhn mit drei Begriffen.«

»Essen Sie Fleisch?«

Die Bewerbungen der Kandidaten, die ihr uninteressant erscheinen, schmeißt Hannah im Ganzen in den Müll. Als die Schlange abgearbeitet ist, gilt es, sich die mögliche Wandlung dieser städtischen Körper in Hühnerbiografen vorzustellen. Fünf sollen es werden. Sie stellt sich vor, wie sie die Hühnerhalle betreten, begreifen, was ein Kloakenkuss ist. Keine leichte Aufgabe. Hannah kritzelt fünf Namen auf die Rückseite einer Bewerbung. Hadrien, weil er ihr gefällt, er ist der Einzige, der sie inspiriert. Cléa, weil sie so zärtlich über Hühner spricht, Léo, weil er früher mal in einer Tierarztpraxis gearbeitet hat. Jonas, weil er sie zum Lachen bringt. Carla wegen ihres Vornamens. Eines ihrer ersten Hühner auf dem Hof hieß so. Fernand ist einverstanden. »Sehr gute Wahl, Kompagnon. Was ist mit Yann Visser?«

Hannah findet, dass er arrogant wirkte und keine Ahnung von Tieren hat. Sein Blick hatte die ganze Zeit an Fernand geklebt, den er unterwürfig mit »Monsieur Rabatet« ansprach.

»Sein Profil ist spannend«, beharrt Fernand, »er hat etwas, das die anderen nicht haben. Er ist hartnäckig.« Hannah bückt sich, um die Bewerbung wieder aus dem Müll zu holen. Yann hat seinen Bewerbungsunterlagen ein Motto verpasst, das über der Sektion *Berufserfahrung* steht: »Wachsen, indem man andere wachsen lässt.«

Yann löst keinerlei positive Reaktion in ihr aus. Fernand setzt seine Lobeshymne fort: »Außerdem interessiert er sich für Persönlichkeitsentwicklung, das würde für ausgeglichene Stimmung im Team sorgen.« Hannah legt die Bewerbung zurück in den Mülleimer, um ein für alle Mal klarzustellen, dass ihre Antwort Nein lautet, doch Fernand fischt sie wortlos wieder heraus. Er streicht das Papier glatt und legt es vor Hannah auf den Tisch. »Schau ihn dir noch mal an, ich bin mir sicher, du irrst dich.« Er presst seinen Zeigefinger auf das Blatt wie ein Lehrer auf die Klassenarbeit eines Schülers. Sie weigert sich, den Blick auf die Bewerbung zu senken. Schließlich sagt er: »Ich kenne ihn, ich weiß, dass er der Richtige ist. Vertrau mir.«

Fernand lässt nicht locker. Sie stellt sich vor, wie er als kleiner Junge mit aufgerissenen Nudelpackungen in den Gängen seines zukünftigen Supermarkts spielt und von den Kassierern ausgeschimpft wird. Sie gibt nach. »Dann streichen wir Carla Lime von der Liste.«

Fernand drückt ihr behutsam die Hand, dann küsst er sie auf die Wangen, als hätten sie gerade ein neues lukratives Geschäft verabredet.

VI

Um den Hühnergeruch zu kaschieren, wird über die Belüftungsanlage ein Duftmittel versprüht. Hannahs Büro ist reizlos. Zum Schreiben und Überarbeiten ist das ungünstig. Ihr fehlen die Piepslaute, die Möglichkeit, den Hühnern über den Rücken zu streichen, ihre direkte Meinung zu ihren Biografien, ihrem Tod.

Die Glastüren, die sie von der Plastikwiese trennen, erscheinen ihr unüberwindbar. Aval fehlt ihr ebenfalls. Aufgrund eines Aberglaubens will sie ihn aber auch nicht mitbringen. Zwei Tage die Woche arbeitet Louis von zu Hause aus. Er kann Zeit mit ihrem Huhn verbringen. Wenn sie an diesen Abenden nach Hause kommt, findet sie die beiden als Komplizen vor, ihre Blicke verraten ein Band, auf das sie eigentlich nicht eifersüchtig sein sollte. Sie sind eine Familie. Doch Hannah will ihren Platz im Herzen ihres Huhns nicht aufgeben. Da Aval nicht direkt erreichbar ist, ruft sie Louis an. Der erste Laut, der aus dem Telefon dringt, ist ein flötendes Gackern, dass sie unter Tausenden erkennen würde. Ihr Herz verkrampft sich.

»Bist du zu Hause?«

Das Gackern hört auf. Louis ruhige Stimme tritt an seine Stelle.

»Ja, heute den ganzen Tag.«

»Und Aval ist bei dir?«

»Wir spielen mit einem Flummi, den ich in der Schublade gefunden habe. Ich wusste gar nicht, dass Hühner so etwas toll finden, er fliegt beinahe, um ihn einzufangen.«

»Ich vermisse ihn.«

»Mehr als mich?«

Hannah seufzt gerührt. Louis versteht, was sich abspielt. Er hält das Telefon ganz dicht vor den Mund, als würde er ihr etwas zuraunen: »Schau mal in deine Schreibtischschublade. Darin liegt ein Schlüssel. Er gehört zu einem für dich geschaffenen Raum, der auf den Plänen nicht eingezeichnet ist. Geh den Flur entlang, an den Hühnern vorbei, und dann rechts und wieder rechts. Ich glaube, das wird dich trösten.«

In dem winzigen Raum übertragen Bildschirme Aufnahmen der Hühner aus verschiedenen Winkeln: in Vogelperspektive vom Himmel aus, in Nahaufnahme auf Höhe der Wiese, im Überblick. »Mit den Knöpfen am Schaltpult kannst du die Kameras ausrichten«, erklärt Louis am Telefon. Es ist ein Observatorium.

Von hier aus kann sie die Hühner sehen, ohne selbst gesehen zu werden. Sie wirken benommen, als hätten sie zu lange vor dem Fernseher gesessen. Die Bildschirme lassen sie noch zahlreicher wirken, verwandeln sie in eine formlose Masse. Träge wippen die hochaufgelösten Köpfe auf und ab. Die Bildschirme geben ihre Besonderheiten, die Struktur des Gefieders, ihren Blick nicht gut wieder.

Hannah setzt sich auf den Schreibtischstuhl, der vor den Bildschirmen steht. Louis erklärt: »Am linken Pult kannst du das Wetter verändern. Noch sind die Möglichkeiten begrenzt, aber mit den derzeitigen Fortschritten können wir sicher bald eine Eiszeit einleiten. Bis dahin kannst du einen Tagesanbruch simulieren oder alle Temperaturen ansteigen lassen, das Wasser ist echtes Regenwasser aus einem Speicher. Rechts kannst du die Farbe von Himmel und Wiese anpassen. Das gesamte Farbspektrum ist verfügbar, mehr als fünfzehntausend Farbtöne.«

Hannah drückt einen Knopf, der die Himmelsfarbe modifiziert.

Es beginnt zu regnen, dann zu schneien, und schließlich bricht die Sonne wieder durch und die Grashalme mutieren, verlieren ihre grüne Färbung und werden leuchtend blau. Die Hühner nehmen Reißaus, wollen entkommen und knallen gegen die Scheibe. Hannah will, dass es aufhört. Sie drückt einen anderen Knopf, groß und rot.

»Du kannst auch mit ihnen sprechen. Es gibt ein Mikrofon. Die Lautsprecher sind in den Deckenhimmel integriert, in den Boden und sogar in den Ställen. Du kannst ihnen mitteilen, was du möchtest. Schon im Flur bist du nicht mehr zu hören.«

Hannah rückt ans Mikro, so nah, dass ihre Lippen das Metall berühren. Stumm verharrt sie in dieser Position. Louis begreift, dass dies ein feierlicher Moment ist.

»Ruf mich an, wann immer du willst. Wir sehen uns später, viel Spaß beim Ausprobieren.«

Sie bemerkt einen weiteren Bildschirm, der über den anderen angebracht ist. Sein Bild ist schwarz-weiß. Ein Förderband, Maschinen, eine Decke mit Neonlicht: Das ist die Sterbehalle. In Schwarz-Weiß, damit man das Blut nicht erkennt. Das ist das wahre Geschenk, dieser winzige Fernseher, der dafür sorgt, dass sie mit der Exekution in Verbindung bleibt. Sie schaut genauer hin, ihre Augen berühren beinahe den Bildschirm. Das Fließband ist leer, die ersten Kadaver kommen, sobald die Texter da sind. Das entsprechende Personal ist schon vollständig und richtet gerade die Maschinen ein. Halsabschneider. Sie wüsste gern, ob sie sich ihres Privilegs bewusst sind. Sie könnte ihnen sagen: Mit dem Messer ist es leichter.

VII

Die Sekretärin klopft mit ihrem Kugelschreiber auf den Tisch, das Geräusch klingt wie eine altmodische Wanduhr. Die anderen Angestellten bleiben ungerührt. Hannah ist zu spät. Bei ihrem Anblick nicken alle wissend, was sie daran erinnert, dass Hühner ihren Kopf stillhalten, während ihr Körper in Bewegung ist.

Fernand ist angespannt, er hat sich die Haare gegelt. Mit vorgereckter Brust steht er da und sieht Hannah nicht an. Seine Lippen sind leicht geöffnet, als wollten sie lächeln, doch stattdessen formen sie die Worte: »Wir fangen an.«

Fernand bedeutet Hannah mit einer Geste, dass sie herkommen soll. Sie stellt sich neben ihn, er verströmt einen säuerlichen Geruch, der von zu schwerem Lavendelduft überdeckt wird. Es ist angenehm, ihm so nah zu sein.

»Wir brauchen eine Marke, in die unsere DNA eingeschrieben ist, die DNA unserer Hühner, um uns von den anderen abzuheben. Im Augenblick stehen wir bei null. Die Hühnernamen allein klingen nach nichts, so kreiert man keine Marke.«

»Und in der Marke steckt das Suchtpotenzial.«

Es ist eine Frau, die sich zu Wort gemeldet hat. Im selben Alter wie Hannah, schulterlange Haare, bunte Brille, überhaupt ist alles an ihr bunt, die Lippen, die Wangen, die Lider, der Schläfenansatz. Hannah ist zur Untätigkeit verdammt, wie hinter ihrem Marktstand. Die Hühnernamen gehen ihr durch den Kopf. Théodore, Claro, Nick, Charles, Schelm, Brutus, Aval. In jedem Namen steckt eine ganze Welt. Sie sind das Unternehmen. Sie begreift nicht, was diese Versammlung soll. Fernand schlägt »Biochick« vor und erklärt, dass der Begriff sich aus den Wörtern Biografie und *chicken* zusammensetzt, englische Namen sind immer besser, das ist auch für den Export praktisch, dann muss man keine neue Marke erfinden. Warum sollten die Hühner nicht auch irgendwann den Atlantik überqueren?

Fernand schweift ab. Die geschminkte Frau unterbricht ihn: »Hallo in die Runde, Alice vom Marketing. Wir haben ein Brainstorming gemacht und schon einige Ideen gesammelt. Stadtfarm, Lieblingshähnchen ... Hannahs Hähnchen hat uns bisher am meisten zugesagt.«

Das Klappern der Tastaturen intensiviert sich. Hannah braucht einen Moment, um zu reagieren. Sie wollen meinen Namen verwenden, denkt sie, so wie ich den der Hühner verwendet habe. Sofort stellt sie sich vor, wie ihr der Hals durchgeschnitten wird und Fernand ihre Biografie mit der Hand schreibt. Dieser ruft, wie um das peinliche Schweigen zu unterbrechen: »Hannahs Hähnchen, das ist gut! Was erzählt uns das?«

»Das klingt nach Authentizität. Hannah und ihre Hühner, Mensch und Huhn reichen sich die Hand. Damit könnte man was machen. Hannahs Hähnchen, aus guter Haltung ...«

Diese Alice hat eine merkwürdige Art, ihren Namen auszusprechen, sie kommt nicht aus dem Süden, die Vokale ziehen sich.

Fernand fährt fort: »Das ist klar und direkt, das klingt gut. Nicht so international, aber im Ausland schätzt man ja auch das typisch Französische.«

Hannah lässt sich auf einen Stuhl sinken. An ihren Nachnamen denkt niemand. Rojas. Obwohl er auf jedem Vertrag steht und sie vielleicht mehr ausmacht als »Hannah«. Das ist ihre Abstammung, da kommen ihre Hühner her. Sie mag ihren Vornamen nicht. Er klingt zu sanft. Der Mutter hatte es an Inspiration gefehlt. Einmal hatte sie zu ihr gesagt: »Dir einen Namen zu geben war schwieriger als bei den Hühnern, nach der Geburt hast du nichts ausgestrahlt.«

»Wir wollen doch sie in den Vordergrund rücken, nicht mich.«

»Aber das klingt nach ›Kleinfamilie‹. Du bist die Mutter, das hat was Selbstgemachtes. So knüpfen wir eine Verbindung zwischen dem Konsumenten und dem Huhn.«

Eine noch jüngere Frau hebt die Hand, wackelt in der Luft mit den Fingern: Sie will etwas sagen. Ihr Rücken ist krumm wie der eines Bauern.

»Ich hatte an *Biog* gedacht. Das ist wie ein eigenes Label, wie Bio, aber mit unserer persönlichen, ureigenen Note: den Biografien. Eine augenzwinkernde Neuerfindung des Altbekannten. Damit hätten wir die Marken-DNA und den Rückverweis, der Name wäre wiederverwertbar und wir hätten eine Marktnische, und ...«

Der Satz der jungen Frau läuft ins Leere. Ihre Stimme verebbt, bis nur noch ein schmales Rinnsal übrig ist, die

Wörter werden unverständlich. Vielleicht fehlt ihr die Spucke. Die Aussage zerfasert.

Alice unterbricht sie. »Das ist vielleicht ein bisschen zu technisch, oder? Und es lässt sich nicht gut aussprechen. Was meinen Sie, Hannah? Sie sind hier ja die Sprachexpertin. Ansonsten könnte man in die Richtung Stadthähnchen oder urbane Hähnchen gehen, das wäre auch eine Möglichkeit. Aber vielleicht schreckt das auch eher ab. Bei ›städtisch‹ denkt man gleich an Feinstaub und schlechte Luft.«

Fernand schneidet ihr das Wort ab: »Hannahs Hähnchen ist eine sichere Bank.«

Draußen ist es kühl, aber bei den Hühnern warm. Hannah zieht ihren Pullover aus. Der Himmel ist unnormal blau. Wenn man genau hinsieht, erkennt man die Fugen zwischen den einzelnen Bildschirmelementen. Die falsche Sonne strahlt wie verrückt, gibt aber keine Wärme ab. Im Boden gibt es keine Maden, das Futter ist 100 % biologisch. Die meisten Hühner hocken auf den Bäumen, dösen oder betrachten ihre neue Welt.

Aufgrund der seitlich sitzenden Augen haben Hühner ein hervorragendes Sichtfeld. Ihre Sehschärfe ist der des Menschen deutlich überlegen, doch für die große Mehrheit ist Hannah nur eine Fremde, die man nicht zu grüßen braucht. Sie bleiben statisch, als sie sich nähert. Hannah nimmt keinen Kontakt auf. Einige wühlen im Boden, graben ihren Schnabel hinein, verleugnen das Offensichtliche: Im Beton lebt nichts. Bald werden die Hühner das begriffen haben, sie werden ihr Verhalten anpassen und vergessen, dass sie einst ihre Nahrung in der Erde statt in Plastikwannen fanden.

Panache ist noch da, abseits, als würde er rebellieren. Sie erkennt ihn an seinem verdrehten Fuß, und an dem hoch erhobenen Kopf, die Haltung ist dieselbe wie am ersten Tag. Er sieht den vorüberziehenden Wolken zu. Hannah ist erleichtert. Behinderte Hühner kommen oft unter dramatischen Umständen zu Tode, werden von der Masse zerpickt, die keine Schwäche erträgt, oder verhungern. Vielleicht sind die Städter weniger grausam als die anderen. Panache trägt einen Ring um das gesunde Bein, die Zahl 88 wurde mit Permanentmarker darauf geschrieben. Sie hebt ihn vorsichtig hoch, erst wehrt er sich, dann nicht mehr.

Mit Panache unterm Arm steigt Hannah in den Aufzug. Dieses Huhn ist besonders. Sie würde sich gern dafür entschuldigen, sich über ihn lustig gemacht zu haben. Er wird die Erlaubnis bekommen, die Lebenshalle zu verlassen und sich in den Örtlichkeiten frei zu bewegen. Sie braucht hier Gesellschaft. Sie wird ihn ab und zu mit ins Observatorium nehmen. Gemeinsam werden sie seine Artgenossen beobachten. Er wird das Haushuhn des Unternehmens sein. Panache versucht nicht, die Flügel auszubreiten, er schmiegt sich an sie.

Sie erreichen Fernands großes Büro, bleiben an der Schwelle stehen, wie auf der Lauer. Einen Augenblick lang betrachtet Hannah ihren Kollegen (oder ist er ihr Chef?), der unruhig Papiere durchwühlt, bis ein Blatt Papier seine Aufmerksamkeit erregt. Er hält es sich vors Gesicht und überfliegt es, bevor er es hasserfüllt zerreißt. Panache piepst leise, wie zum Gruß. Fernand hebt den Blick.

»Was machst du denn hier? Komm rein. Was hast du da in den Armen?«

»Das ist Panache.«

Sie wagt nicht hinzuzufügen: »Der, über den wir uns am ersten Tag lustig gemacht haben.« Panache bleibt reglos, die Körperwärme seiner Halterin hat ihn beinahe einschlafen lassen.

»Ich wollte ihn dir vorstellen. Er könnte unser Maskottchen sein.«

Fernand betrachtet ihn lange, ohne aufzustehen. Seine Finger umklammern weitere Papiere. Er scheint keine Lust zu haben, Panache auf den Arm zu nehmen.

»Ihm fehlt ein Fuß.«

»Genau, angesichts der Anzahl von Hühnern sind seine Überlebenschancen höher, wenn wir ihn da rausholen. Ein Maskottchen zu haben, wäre doch gut, oder?«

»Ja, die Idee ist nicht schlecht. Aber ein behindertes Tier als Maskottchen? Meinst du nicht, dass das eine negative Botschaft sendet?«

Fernand lächelt leicht, doch Hannah erkennt durchaus, dass er das ganz und gar nicht komisch findet.

VIII

Übers Wochenende bleibt das Unternehmen geschlossen. Die Hühner werden von Automaten gefüttert, die Körner ausgeben. Dann pausiert das Schlachten für zwei Tage und alle Menschen fahren nach Hause. Louis würde gern spazieren gehen, Aval die Stadt zeigen. Hannah entschuldigt sich: »Ich muss das alles erstmal verdauen, diese ganzen Veränderungen.« Nichts zwingt sie, die Wohnung zu verlassen, der Kühlschrank ist gut gefüllt. Avals Eingewöhnung ist noch nicht abgeschlossen. Manchmal erzählt Hannah ihm mit leiser Stimme von Panache. Sie sagt: »Bleib schön ruhig, wie deine Brüder aus der Stadt.« Dann verkriecht er sich in einen Schrank.

In den Zimmern, die nicht neu hergerichtet wurden, bemerkt sie Spuren, die Louis hinterlassen hat: ein auf dem Sofa verschüttetes Glas Wein, den Schatten einer zermatschten Spinne auf der weißen Badezimmerwand.

Sie hat Lust auf einen Balztanz in den eigenen vier Wänden. Sie legt eine Platte auf, ganz leise, eine Sammlung von Lluís Llach, die ersten Lieder, die sie zusammen gehört haben. Louis wirkt gerührt, seine Wangen sind gerötet, sein Körper ist angespannt. Er hätte es nicht gewagt, diese Platte ohne sie aufzulegen. Er nimmt ihre Hand, eine Aufforderung zum Tanz. Ihre Annäherung ist nicht eingespielt. Ihr sich vermischender Speichel schmeckt nach Kaffee.

Als die Musik verebbt, halten sie verlegen inne, die Körper ineinander verflochten. Der Flaum auf Louis' Haut richtet sich auf. Er fährt mit der Zunge über Hannahs Hals, entlang der Halsschlagader. Hannah entfährt ein Keuchen und Louis lässt seine Zunge weiter bis zu ihrem Nacken wandern, hält erst am Haaransatz inne. Sie tritt einen Schritt zurück, er zieht sich aus, den Blick auf sie gerichtet, sie hilft ihm nicht. Sie hatte diese Linien ganz vergessen, die sich auf seinem Körper abzeichnen, auf dem Oberkörper, den Schenkeln, schöne, geschwungene, klare Linien sind das. Er legt sich nackt und reglos neben sie. Ihr gefällt diese Passivität, wie er sich der Berührung darbietet. Sie begehrt ihn, sogar sehr, und das ist eine Empfindung, die sie völlig vernachlässigt hat, sie taucht in die Lust ein, und alles Sehnen aus dem vergangenen Jahr strömt zusammen, wie nach einem Winterschlaf. Sie weiß, dass sie deshalb aufeinander gewartet haben, dass es letztendlich ihre Körper sind, die sie die Entfernung haben aushalten lassen. Sie erinnert sich an die Feier, auf der sie sich kennenlernten und nach der er ihre Hand ergriff, und sie seine zwei mal vier Finger entdeckte, sie erinnert sich an den Aufzug, mit dem sie hoch aufs Dach fuhren, wo sie sich liebten und er hinterher auf ihre Stadt pinkelte, das noch spermavolle Geschlecht über die Häuser gestreckt. Dieses Bild hat sich in ihr festgesetzt, und wann immer sie es heraufbeschwört, kommt das Begehren wieder auf. Hannahs Reflexe kehren zurück: Sie beginnt, indem sie nach Louis'

Hand greift, ihre Finger mit seinen verflicht, mit der freien Hand berührt sie seine Knie, seine Füße, wandert dann wieder nach oben, seine Zartheit erstaunt sie, die Mühelosigkeit, mit der ihre Körper einander erkennen. Er umfasst ihre Taille, damit sie noch näher kommt, als hätte sie dort zwei eigens dafür vorgesehene Griffe. Dann suchen sich ihre Zungen, lecken sich in ihrer ganzen Länge ab, werden zu zärtlichen, liebevollen Tieren.

Sein Körper ist nicht nur nützlich, er ist schön. Sie denkt: Mit Louis brauche ich keine Worte; er dringt in sie ein, und dann denkt sie zum ersten Mal seit Monaten an gar nichts mehr.

IX

Die Texter suchen sich Hühner aus, mit denen sie körperliche oder charakterliche Gemeinsamkeiten haben. Post mortem übertragen sie ihre eigenen Probleme auf die Hühner. Ein regelrechter Wettbewerb ist daraus entstanden: Es gilt, die originellsten Texte zu schreiben, ohne den Rahmen der Biografie zu sprengen. Léo wählt die stolzen, exaltierten Hühner, Eva die gerupften, Hadrien die Einzelgänger. Yanns Hühnern, denkt Hannah, fehlt es an Leben.

Die Geografie des Gebäudes sorgt dafür, dass Hannah die Schreibenden genauso beobachten kann wie einst die Hühner. Der Blickwinkel ist optimal. Louis muss vorhergesehen haben, wohin ihre Blicke schweifen. Wenn sie sich vorbeugt und genau hinsieht, kann sie erahnen, was in den Texten steht. Sie sind genauso, wie sie es sich bei den Vorstellungsgesprächen vorgestellt hat, erledigen mit großer Ernsthaftigkeit ihre Schreibarbeiten, sind meist gehorsam, erarbeiten fleißig und unter Einbeziehung aller fünf Sinne minutiöse Schilderungen der Tierleben.

Die Computer von Léo und Cléa berühren einander. Ihr Dialog ist ein Fluss. Ihre Hühner entwickeln sich in gemeinsamen Gruppen: Sobald sie sich im selben Bereich der Wiese wiederfinden, nähern sie sich einander an und picken sich die Rücken, was bei Hühnern ein deutliches Anzeichen für Zuneigung oder Begehren ist. Wenn sie miteinander flüstern, ahnt Hannah, dass sie andere Angestellte kritisieren, manchmal sogar Hühner. Bestimmt lästern sie über die zerrupftesten, die sich nicht wehren können. Sie kann sich sehr gut vorstellen, wie Cléa sagt: »Der da schmeckt nach nichts«, und wie Léo auflacht. Hannah hätte gedacht, dass Cléa sich am besten mit Hadrien verstehen würde, mit dem sie das Geburtsjahr und den beißenden Sarkasmus gemein hat. Doch Hadrien knüpft engere Verbindungen. Seine Zuneigung gilt den Hühnern: Seinen Lieblingen streichelt er den Rücken, er spielt mit ihnen, versucht, sie Bälle apportieren zu lassen. Wenn die Schlachtabteilung anrückt, wartet er stets mit den Hühnern und redet ihnen gut zu: »Alles wird gut, nur keine Angst.« Wenn er die Lebenshalle betritt, laufen die Hühner auf ihn zu und begrüßen ihn. Sie kennen seinen Geruch, der sich nicht sehr von ihrem eigenen unterscheidet. Hadrien kommt oft in Hannahs Büro, um sie nach ihrer Meinung zu fragen. Sie leitet ihn an. Kann es sein, dass dieser hier schüchtern ist? Und der da Angst vor dem Tod hat? Ihm ist aufgefallen, dass die Hühner ganz und gar nicht mehr dieselben sind wie früher. Erst ein Monat ist vergangen, und doch kann man sagen, dass sie ihre Dorfvergangenheit hinter sich gelassen haben. Man muss sich nur anschauen, wie geschickt sie auf die Spielgeräte klettern. Sie haben sich an Plastik gewöhnt. Hannah und Hadrian führen ein Heft, in dem sie die Veränderungen in der Lebenshalle festhalten, den Einfluss der äußeren Umstände auf den Charakter der Hühner. »Das ist unser kleines Geheimnis«, hat sie zu ihm gesagt. Wenn doch nur alle wären wie Hadrien.

Auch Jonas hat Potenzial. Allerdings fällt es ihm schwer, den Überblick zu behalten. Alles erscheint ihm wichtig, und er beobachtet die Hühner wie ein staunendes Kind, hält noch das geringste Detail fest. Über seinen Texten sitzt Hannah am längsten. Sie muss sie aus unzusammenhängenden Wörtern neu zusammensetzen, als hätte ein Sekretär in ihrem Auftrag stundenlang ein einzelnes Tier beobachtet. Ihr gefällt es, den Texten den Geist von *Hannahs Hähnchen* einzuhauchen. Das zwingt sie, mit Jonas auf die Wiese zurückzukehren, die Hühner neu zu denken. Zu seltenen Gelegenheiten nimmt sie auch die anderen Texter mit. Dann setzen sie sich ins synthetische Gras und müssen aufschreiben, welches Huhn es ihnen angetan hat und warum. Hannah kommentiert: »Aha, du findest also, dass der Kamm von dem da aussieht wie ein Herz, interessant, schreib das auf; du hast recht, die Zeichnung von dem da drüben ähnelt wirklich einem Rohrschachtest, aber ich sehe eher einen Schmetterling als einen Aal; ich glaube, die beiden da kommen noch zusammen, hoffentlich wird das keine allzu stürmische Geschichte.« Panache ist ein hervorragendes Studienobjekt. Sie lässt ihn posieren, und die Texter sollen sich vorstellen, inwiefern sein schlimmer Fuß auch von Vorteil sein könnte.

Sie hofft, ihnen so ein Gefühl für die Hommage an die Menschenskinder zu vermitteln. Yann verweigert die Teilnahme. Er trägt stets ein spöttisches Lächeln zur Schau, als wolle er sagen: Ich weiß mehr als du. Sie fragt sich, was er verheimlicht. Manchmal überrascht sie ihn im Gespräch mit Fernand, und wenn sie sich nähert, senken sie ihre Stimmen. Sie nimmt daran keinen Anstoß. Seit ihrer Zeit im Dorf kann keine Kränkung sie mehr erschüttern. Doch ein Gedanke quält sie: Was, wenn sie etwas gegen die Hühner im Schilde führen?

Manchmal, wenn Hannah die Inspiration überkommt, nimmt sie es sich heraus, den Textern vom Hof zu erzählen, von dem Tag, an dem sie morgens die frisch geschlüpften Küken betrachtete, die ersten Federn sich entfalten sah, bis die Mutter kam und sich eines von ihnen schnappte, das mit gesenktem Kopf vor sich hin dämmerte. »Siehst du, das hier ist krank, morgen ist es tot.« Hannah nahm es heimlich mit. Es kam nicht infrage, das Küken sterben zu lassen. Sie fütterte es mit einem Streichholz, badete und pflegte es, doch am nächsten Morgen atmete es nicht mehr.

X

An den Tagen, an denen weder Hannah noch Louis zu Hause sind, langweilt Aval sich zu Tode. Die Wohnung ohne Außenbereich muss ihm vorkommen wie ein heimisches Verlies. Manchmal lässt sie den Fernseher laufen, damit er Gesellschaft hat, doch Louis ist sich nicht sicher, ob das reicht. Sobald seine Menschen nach Hause kommen, springt Aval ihnen in die Arme. Manchmal findet ihn Hannah auch eingewickelt in eine Decke vor, oder er hockt träge vor dem Fernseher und schaut eine für sein Alter nicht geeignete Sendung, die ihm bestimmt irgendwelchen Schwachsinn einimpft. Wer weiß, was davon hängenbleibt.

Noch immer halten Befürchtungen sie davon ab, ihn mit ins Büro zu nehmen. Vielleicht, weil Aval eifersüchtig auf Panache werden könnte, oder weil die Möglichkeit besteht, dass ihm die neue Farm gefällt und auch er ein plastikliebendes Nullachtfünfzehn-Huhn wird.

Sie weiß, dass auch Louis sich Sorgen macht. Er hat Angst, dass der Mangel an Gesellschaft seiner Entwicklung nicht zuträglich ist. Doch Aval wird ja bereits viel mehr Zuneigung zuteil als den meisten Hühnern, und er wird nicht unter Zellophan enden. Louis schaut sie flehentlich an: Er ist doch etwas Besonderes, er gehört zu uns, wir müssen ihn verantwortungsvoll großziehen.

Jede Mahlzeit wird zum Fest. Kein Abendessen vergeht ohne Lachanfall, weil Aval im Hochstuhl mit ihnen am Tisch sitzt, das war Louis' Idee, nicht einmal Hannah wäre darauf gekommen, und seine Art, die Körner vom Tablett zu picken, sie ab und zu wieder auszuspucken und sich gackernd in ihre Gespräche einzumischen, hat durchaus Charme.

XI

Fernand hat sich in eine Ecke verkrochen und beugt sich gierig über die Dessertkarte. Er hat den isoliertesten Tisch ausgewählt. Hannah beobachtet ihn: Er wirkt nicht nervös. Sie ist ein wenig ergriffen davon, ihn hier zu sehen, auf neutralem Boden, ohne Angestellte oder Hühner. Die Arbeitsteilung hat ihnen eine Distanz auferlegt, mit der Hannah nicht gerechnet hatte. Natürlich nicht im räumlichen Sinne, da sie einander ständig über den Weg laufen und den ganzen Tag lang durch die Flure gehen hören. Doch faktisch wohnt Hannah bei ihren Hühnern und dem Schreibteam, während Fernand mit den Zahlen und der Kundschaft zusammenlebt. Um die Verbindung nicht abreißen zu lassen, treffen sie sich regelmäßig an einem netten Ort, zum Beispiel in einem Café in der Innenstadt, und besprechen, wo sie mit der Firma stehen. Der Ausdruck ließ Hannah schmunzeln, »sehen, wo man steht«. Der Onkel hatte ihr einmal bei einem ihrer Spaziergänge erzählt, dass die Standortbestimmung im Schiff- und Flugverkehr eine lange Reihe von Berechnungen erfordert. Zu sehen, wo man steht, ist also nur der Beginn einer Schlacht.

Leise setzt Hannah sich neben ihn. Sie mag es nicht, jemandem gegenüber zu sitzen: Der Blick der Hühner geht zur Seite. Es dauert einen Moment, bis Fernand sich von der Speisekarte losgerissen hat.

»Also, wie läuft's?«

»Allen geht es gut, die Ställe sind Tag und Nacht belegt, die Spielangebote zeigen langsam Wirkung. Die Gruppen finden sich.«

»Wenn du noch andere Ideen für die Wiese hast, können wir gern darüber sprechen.«

»Ich weiß.«

»Was machen die Texter?«

»Texten.«

Fernands Lippen formen die Worte: »Gut, gut«, doch seine Stirn ist gerunzelt.

»Und keiner von denen macht dir Probleme?«

»Manche sind talentierter als andere.«

Seitdem sie nur noch selten unter vier Augen mit Fernand redet, widerspricht sie ihm nur ungern. Yann ist ein heikles Thema. Dies ist ein feierlicher Moment, den es zu genießen gilt. Ohne den Kellner, der sie unterbrochen hat, eines Blickes zu würdigen, bestellt Fernand einen Espresso mit süßer Begleitung, Hannah nimmt nur den Espresso.

»Auch nicht Jonas?«

An den Biografien, die Hannah am Ende des Tages an Fernand und das Verpackungsteam übergibt, kann er unmöglich erkennen, wie viel Arbeit es war, Jonas' Beobachtungen zu überarbeiten. Es gelingt ihr stets, das überschäumende, chaotische Rohmaterial, das er abgeliefert hat, zu einem prägnanten und heiteren Text zu formen.

»Nein, auch nicht Jonas. Wieso?«

»Yann hat mir gesagt, dass es aussieht, als ob er Schwierigkeiten hätte. Du weißt ja, dass sie noch in der Probezeit sind.«

Das war ja zu erwarten gewesen: Yann ist ein Spitzel. Hat er sich mit Fernand getroffen, um ihm diese Information zu überbringen? Vielleicht bei den Hühnern? Oder sogar hier, an diesem Tisch?

»Jonas macht gute Fortschritte. Er braucht ein bisschen länger, aber das macht er durch seine Beobachtungsgabe mehr als wett. Wir stehen ja noch am Anfang. Er lässt sich von seiner Begeisterung mitreißen. Er will alles über die Hühner erzählen, also ufert es manchmal aus, das ist alles.«

Sie sieht durchaus, dass Fernand ihr nicht glaubt. Er nickt, und Hannah denkt an den Onkel und den Kirschkuchen.

»Im Vertrieb läuft alles wie gehabt. Der Absatz liegt bei 100 %, die Nachfrage bei den Supermärkten bleibt hoch, selbst die Metzgereien steigen mit ein. Wir wollen den Preis erhöhen, aber erst einmal nur leicht, damit es unbemerkt bleibt. So können wir bei der Nachfrage aussortieren. Ich stelle dir bald einen Plan vor.«

Sie würde ihn gern fragen: Meinst du, wir haben es geschafft? Sind die Hühner jetzt glücklicher? Haben wir sie zu richtigen Menschenskindern gemacht, sie gewürdigt?

Sie ist sich dessen nicht mehr sicher. Vielleicht wäre es leichter, wenn sie die Hühner wieder selbst schlachten und ihr Fleisch spüren könnte.

Der Kaffee kommt. Fernand taucht den Löffel in die Vanillesauce und leckt ihn eifrig ab. Er hat großen Appetit. Seine Augen leuchten. »Weißt du, wie viel das teuerste Huhn der Welt kostet?«

Sie schüttelt den Kopf – weiß sie nicht. Auf dem Wochenmarkt sind die Preise fix.

»1500 € pro Huhn, weil es eine seltene genetische Mutation hat. Es sieht aus, als wäre es in Rohöl getaucht zur Welt gekommen. Komplett schwarz, sogar die Knochen. Es gibt auch Hühner, die zu solchen Preisen verkauft werden, nur weil sie riesige Füße haben.«

Hannah stellt sich vor, wie die Erde unter diesen Dinosaurierhühnern erbebt. Der Boden tut sich unter ihren krachenden Schritten auf, sodass die Erde aufreißt, ihre gewalttätigen Gene brechen sich Bahn.

Man könnte Panache eine Prothese mit Monsterklaue verpassen.

Fernand schlitzt das Schokoladenküchlein auf, und der flüssige Kern ergießt sich auf den Teller.

Er hat Hannah seit Beginn des Treffens nicht ein Mal in die Augen gesehen.

»Verstehst du, was ich damit sagen will? Wenn wir uns mit unserem Alleinstellungsmerkmal durchsetzen, können wir die Preise beliebig in die Höhe treiben. Das könnte durch die Decke gehen.«

Er unterbricht sich und nimmt noch einen Bissen.

»Probier' mal.«

Bevor Hannah irgendetwas sagen kann, kommt der Löffel auf sie zu und sie öffnet den Mund, schon hat der Kuchen ihre Lippen passiert. Hannah schluckt. Und ja, es hat ihr geschmeckt.

Sie hat für Fernand den Schnabel aufgesperrt.

XII

Jeden Abend überantwortet Hannah Panache seinen Artgenossen, damit er den Kontakt zu ihnen nicht verliert. Sie ist noch nicht so weit, ihn mit nach Hause zu nehmen. Louis könnte ungut reagieren: Seine Hühnerliebe konzentriert sich ganz auf Aval, es würde niemandem nützen, die beiden auseinanderzutreiben.

Hannah betritt mit Panache im Arm die Lebenshalle und setzt ihn bei den Spielgeräten ab, nicht ohne ihm noch zärtlich den Scheitel zu küssen. Er ist gut genährt und kräftig, sie macht sich keine Sorgen mehr um ihn. Im Falle eines Angriffs wird er sich zu verteidigen wissen. Wo sie schon einmal hier ist, begrüßt sie auch schnell die anderen Hühner. Einige erkennt sie, Hadrien hat sie ihr als besonders kultiviert beschrieben. In ihrem Blick liegt, wie bei Panache, ein Leuchten. Ihre Krallen entfalten sich anmutig. Sie können komplexe Choreografien aufführen, um auf die Rutschen zu klettern. Wenn sie so im Kreis beieinanderstehen, sieht es manchmal aus, als würden sie höflich Konversation betreiben, wie bei einer Tasse Tee. Das ist entzückend. Sie würde sich wünschen, dass Panache bei ihnen Anschluss findet, auch wenn sie etwas Grundsätzliches unterscheidet: Panache wird, genau wie Aval, nicht gegessen werden. Jedes Mal versucht er, Hannah zum Ausgang zu folgen. Sie erklärt ihm: »Du darfst den Kontakt zu deinen Artgenossen nicht verlieren.« Sie zeigt auf die Spielgeräte, die Rutschen und Puppenhäuser, ermutigt ihn. Doch Panache blickt sie nur mürrisch und vorwurfsvoll an. Er muss begreifen, dass Menschen niemals ein Ersatz für Hühner sind.

XIII

»Wir sollten mal alle drei zusammen wegfahren. Aval hat noch nie das Meer gesehen.«

Ihnen beiden täte das auch gut. Weniger sesshaft zu sein. Mal ein wenig herumzukommen. Vielleicht könnten sie sogar einen Ausflug zum Hof der Mutter machen? Schauen, ob Aval ihn wiedererkennt?

Den Kopf aufs Kissen gepresst wiederholt Louis dieselbe Leier wie schon seit Tagen. Die gemeinsamen Mahlzeiten mit der Familie reichen ihm nicht mehr. Hannah streicht ihm über die Haare. Er würde Aval gern etwas Besonderes bieten; ein so eintöniges Leben ist seiner nicht würdig. Hannah würde ihm gern von dem Alkohol in den Futtertrögen berichten, den Sonntagsfahrten auf dem Beifahrersitz, all den vorherigen Versuchen, dem Leben der Hühner mehr Würze zu verleihen, doch sie ist sich nicht sicher, ob er das verstehen würde. Auf den Hof zurückzukehren, ist für sie unvorstellbar.

»Ich will nicht wegen eines Huhns den Betrieb im Stich lassen.«

Louis richtet sich im Bett auf. Er atmet schwer. Hannah legt die Hand auf sein Herz. Sie spürt es nicht schlagen.

»Das ist nicht bloß ein Huhn, Hannah. Das ist Aval, er lebt mit uns zusammen, ist dir vom Hof hierher gefolgt. Ich habe ihn angenommen, dank dir. Die anderen sind nur eingeschweißtes Fleisch.«

Hannah blinzelt, doch er hat sich in Fahrt geredet.

»Du verbringst deine Zeit damit, über ihren Tod zu schreiben, und würdigst dein eigenes Huhn keines Blicks. Wie am Fließband belegst du Kadaver mit Worten. Meinst du nicht, dass dir bei der Sache etwas abhandengekommen ist?«

»Wenn ich wegfahre, ist das alles sinnlos. Dann gibt es keine Biografien für die Hühner.«

»Dafür sind doch die Texter da, oder nicht? Du willst einfach nur nicht weg, und ich begreife nicht, wieso.«

»Was du nicht begreifst, sind die Hühner.«

Louis dreht sich im Bett um und zieht die Decke über sich, dann steht er wütend auf. Er wird selten wütend. Im Dunkeln tastet er sich durch die Wohnung. Er hofft, dass Aval ihr Geschrei nicht gehört hat. Louis hat nicht wirklich Ahnung von der Morphologie des Huhns, doch ihr Herz ist so klein, dass es empfindlich sein muss. Um sich Hannah zu widersetzen, sie zu einer Reaktion zu zwingen, könnte er Aval mit nach draußen nehmen, in eine Bar. Oder aber ihn aufessen. Seinen Status als Fleischfresser bekräftigen, um nicht selbst verschlungen zu werden. Louis weiß, dass er nichts davon tun wird, dass es morgen so sein wird, als hätte der Streit gar nicht stattgefunden. Solange die Worte nicht aufgeschrieben werden, sind sie für Hannah bloß heiße Luft.

XIV

»Bin sofort da!«

Die Textabteilung wartet auf Hannah. Sie zwingt sich zum Ausatmen, und die Enge in der Brust löst sich. Sie hat die Einladung zum Mittagessen angenommen. Normalerweise isst sie etwas Mitgebrachtes, während sie Kataloge für ausgeklügelte Spielgeräte durchblättert. Sie bittet Panache stets um seine Einschätzung zu den nächsten Anschaffungen, wartet, bis er mit dem Schnabel auf seine Favoriten zeigt. Panache scheint verständig und macht sich einen Spaß daraus, auf jede Seite zu picken, wobei er manchmal die Ecken abreißt. Sie zwingt ihn nicht, sie wieder auszuspucken. Fernand und sie lassen sich beliefern. Er nennt sie nicht mehr seinen Kompagnon. Er zeigt ihr die Zahlen, lässt sich berichten, was es aus der Textabteilung Neues gibt. Hannah fragt sich, wie so wenige Hühner so viel Geld einbringen können. Er zuckt die Achseln. »Alles eine Frage der Strategie.«

Auf dem Weg umringen die Texter sie wie ein Schutzpanzer. Yann erzählt zu laut von seinem Tag, gibt ein paar Geistesblitze aus seinen Biografien zum Besten. Er vertritt die Ansicht, dass die Hühner so herrlich blöd sind, wie man es ihnen nachsagt. Er hat gesehen, wie eines sich selbst die Federn ausgerupft hat. Hannah mischt sich ein: Das ist unmöglich, wenn ein Huhn sich selbst so etwas antut, dann pickt es vielleicht nach Parasiten. Sie spricht dieses Wort mit Nachdruck aus. Sie würde gern wissen, ob Yann sich auch kraft seiner Hände oder seiner Lippen eine Zecke aus dem Fleisch ziehen könnte.

Die anderen bestehen darauf, dass sie den Chefplatz am Kopfende einnimmt, von dort aus kann sie die anderen mehr sehen als hören. Die Speisekarte ist voll von diversem Fleisch, das mit rabiatem Vokabular beschrieben wird, mal mehr, mal weniger durchgebraten, mal mehr, mal weniger weiterverarbeitet, in Sauce oder im eigenen Saft. Vor Hannahs innerem Auge stapeln sich die Leichenteile, bis sie umzukippen drohen, ein Turmbau zu Babel aus Fleisch. Sie überfliegt das Angebot auf der Suche nach einem vegetarischen Gericht, ohne Erfolg. Louis würde ihr zu einem Ablenkungsmanöver raten: Eine Quiche bestellen und unauffällig die Speckwürfel herauspulen, sie an den Tellerrand schieben und unter einem Salatblatt verstecken.

Die Texter sind hochkonzentriert: Sie treffen ihre Wahl. Das Fleisch lässt sie ungerührt, lockt sie sogar. Es wäre logisch, wenn auch sie sich vegetarisch ernähren würden. Normalerweise isst man nicht, womit man arbeitet. Doch wie sie es geahnt hat, kommt ihnen das gar nicht in den Sinn. Die Karte scheint ihren Appetit anzuregen. Vielleicht regt sich zumindest dann etwas in ihnen, wenn sie das Messer ansetzen. Falls sie doch einen Augenblick lang ihr Lieblingshuhn vor Augen haben, verscheuchen sie den Gedanken. Bestimmt ist das ihre Art, sich im Fleische mit den Hühnern zu verbinden. Hannah würde das ebenfalls guttun: Der Tod fehlt ihr. Ohne den Tod haben die Worte keine Bedeutung. Sie hat den Schlachterblues, nachts malt sie sich manchmal aus, wie sie sich wieder das Messer schnappt und ein sterbendes Huhn an die Brust drückt, um seinem letzten Herzschlägen zu lauschen. Sie müsste zurück zum Fleisch, um ihre Tiere besser zu verstehen. Fleisch zu sein, gehört zu ihrem Leben.

Yann hat sich für das Hacksteak entschieden, Cléa für das halbe Hähnchen. Die anderen zögern noch. Sie würde ihnen gern sagen, dass sie hier nichts Anständiges zu essen findet. Vielleicht würde man sie dann drängen, es trotzdem zu probieren, gegen ihre Grundsätze zu verstoßen. Sie müsste sie nur fragen, wie es sich für sie anfühlt, Fleisch in den Mund zunehmen. Ob sie ein Stück abhaben kann.

Sie bringt es nicht über sich. Ihr geht nicht aus dem Kopf, wie Fernand sie zum Stillschweigen verpflichtet hat, sie schämt sich. »Hier schmeckt alles richtig gut«, sagt Hadrien bestärkend. Sein Finger zeigt auf das Entrecote. Weiß er, aus welchem Teil des Rinds dieses Stück Fleisch stammt? Hannah könnte es ihm erklären. Sie könnte sagen: Tatsächlich befindet es sich nicht zwischen den Rippen, wie der Name vermuten ließe, sondern zwischen den Muskelsträngen, dem Rückenstrecker, dem Dornfortsatzmuskel, den Zwischenrippenmuskeln. Hadriens Finger bleibt auf der Karte liegen, wie ein Fortsatz des Worts »Entrecote«, und mit einem Mal wird Hannah schwindelig. Sie kann die Stimmen der anderen nicht mehr hören. Ihre Lider flattern unwillkürlich, ihre Augen werden feucht, die Wangen röten sich. Die Texter starren sie an.

Mit zitternden Knien erhebt Hannah sich so würdevoll wie irgend möglich, und sagt: »Ich habe keinen Hunger, ich gehe wieder arbeiten.«

XV

Hannah liegt ausgestreckt auf der Wiese, ihr Kugelschreiber durchbohrt das Blatt Papier mit den Biografien. Es gibt keine bequeme Schreibposition auf der Wiese, doch immerhin kann sie sich hier vom Geruch der Hühner inspirieren lassen. In ihrer Nähe spürt sie, ob sie den Menschenskindern gerecht geworden ist.

Janine war ein mondänes, eitles junges Huhn. Mit der Flügelspitze glättete sie sich das Gefieder, und ihre großen Augen prüften, dass die Nägel an ihren Krallen auch alle gleich lang waren.

Sie kommt ins Stocken

Sobald sich in einer Senke etwas Regenwasser sammelte, nutzte Janine die Gelegenheit, um ihr Spiegelbild zu betrachten. Nicht, dass Janine oberflächlich gewesen wäre, nur legte sie auf die Form ebenso großen Wert wie auf den Inhalt.

Diese Suche nach dem Erhabenen machte Janine so reizvoll.

Sie streicht Satzteile durch, tilgt Verneinungen und Adverbien. Das Leben eines Huhns ist zu schlicht für diesen hochtrabenden Stil.

Panache spielt im Gras.

Die Texter können sie vom Flur aus sehen, aber sie schert sich nicht darum. Als die Tür aufgeht, dreht sie sich nicht um.

Ach, wie sehr liebte Bastien weite Räume! Auf nur einem Bein oder auch zweien rannte er von einem Ende des Hühnerstalls zum anderen! Er zwitscherte und bezirzte, konnte sich freuen wie ein Schneehuhn!

Die Ausrufezeichen passen nicht zu den eher trägen Hühnern. Yann beharrt allerdings darauf, jeden Satz damit zu beenden. Sie streicht sie durch.

Panache zieht an ihrer Socke. Er will ihr etwas sagen, aber es passt ihr gerade nicht.

Sie schiebt ihn mit einer Handbewegung von sich; die Geste ist grausam, das hat sie nicht so gemeint, und als sie sich zu ihm umdreht, um sich zu entschuldigen, erscheinen Louis` zu saubere Schuhe vor ihr. Auch Aval kommt auf sie zugelaufen, pickt nach Hannahs vollgekritzelten Zetteln. Aval und Louis stehen auf der Plastikwiese. Sie fährt zusammen.

»Wir wollten dich überraschen.«

Die anderen Hühner beschnuppern Aval. Er macht sich ungerührt mit Panache zu den Eierhäuschen auf. Hannah sieht ihnen verdutzt hinterher.

»Warum hast du ihn hergebracht? Bist du verrückt geworden?«

Hannah rennt, wie sie seit ihrer Kindheit nicht mehr gerannt ist, um ihr Huhn einzufangen, es in die Arme zu schließen, bevor es mit diesem Ort verschmilzt. Louis sieht sie verständnislos an. »Ich fahre doch morgen nach Dubai«, sagt er stotternd, »da wollten wir dich hier besuchen.«

»Hör verdammt nochmal auf, für ihn zu sprechen.«

Sie greift sich Louis und Aval, zerrt sie von der Wiese, durch den Flur und in ihr Büro. Louis ist noch immer völlig verdattert. Hadrien und Cléa sehen den dreien hinterher, wie auf der Suche nach Inspiration, nach etwas, das sie von ihren Hühnerberichten ablenkt.

Hannah schließt die Tür, damit sie nicht mehr gesehen werden.

»Warum hast du ihn hergebracht?«

»Ich wollte dich überraschen. Damit er mal das Gebäude sieht, dass ich für dich und die anderen Hühner gebaut habe. Damit er mal einen Tapetenwechsel bekommt. Was weiß ich.«

»Das hättest du nicht tun dürfen. Die Hühner werden hier zum Tode verurteilt.«

Louis seufzt. Er steckt die Hand in die Tasche und holt eine dünne rosafarbene Reepschnur heraus, die er nervös zusammendrückt. So sind die beiden gekommen, Louis hat Aval an dieser Leine geführt, nah bei sich, damit er nicht auf die Straße läuft, manchmal hatte er aber auch lockergelassen, um ihm den Eindruck von Freiheit zu geben. Sie stellt sich die amüsierten Blicke der Passanten vor. Louis wechselt das Thema. Er will dem Elend ein Ende setzen. »Warum sind das so viele Hühner? In dem Modell hatten wir mit halb so vielen gerechnet, oder?«

Hannah kann nicht gut zählen. Sie kann die Anzahl nicht schätzen. Es könnte sein, dass verbesserte Fruchtbarkeit zu einem Populationsanstieg geführt hat, oder dass ihre dicht gedrängte Masse eine optische Täuschung erzeugt. Zahlen schwirren ihr im Kopf herum. Sie denkt an die Exekutionen am laufenden Band. Auf ihrem Schreibtisch stapeln sich die übrig gebliebenen Biografien des Tages, dreißig Leben, die sie noch nicht korrekturgelesen hat. Manches läuft hier nicht rund, das weiß sie, und die Anwesenheit ihrer Familie führt ihr das noch klarer vor Augen. Aval setzt sich auf Louis' Schoß. Hannah fühlt sich nicht gut, ihr Körper wiegt schwer.

»Ich komme mit euch nach Hause.«

XVI

Normalerweise spricht Hadrien morgens nicht mit den anderen Textern. Er nickt Hannah kurz zu und formt unhörbare Worte mit den Lippen. Das ist seine Art, sie als seine Chefin anzuerkennen, das spürt Hannah. Dann stellt er seine Tasche auf den Schreibtisch, holt seinen Laptop heraus und pustet auf die Tastatur, als wäre sie auf dem Weg zur Arbeit dreckig geworden. Dann macht er sich einen Kaffee, den Blick auf die Hühner geheftet.

Dieser Moment löst Anspannungen in ihm aus, denn nun vergibt er die Namen des Tages. Er schöpft aus Fernsehserien wie *Goldorak, Hélène et les garçons* und *Alf*, sucht Verbindungen zwischen den Figuren und den Hühnern. Als er hier angefangen hat, hätte er es nie für möglich gehalten, dass es so viele Gemeinsamkeiten zwischen ihnen gibt, doch die Gruppendynamiken sind universell. Es gibt den Häuptling des Hühnerstalls, die Schüchternen, die Regelbrecher. Manchmal erinnert ein Huhn ihn an eine seiner Schwestern, ein seltsamer Aberglaube hält ihn allerdings davon ab, Namen aus seinem Privatleben zu verwenden.

An diesem Freitag allerdings hebt Hadrien nicht den Blick. Kaum hat er das Büro betreten, begrüßt er Léo mit Handschlag und Cléa mit Wangenkuss. Ihre Gesichter wirken dabei weihevoll und streng wie bei der Messe. Ein Blatt Papier wandert von Hand zu Hand. Sie scharen sich darum, lesen der Reihe nach, was darauf geschrieben steht. Hadrien wirkt ganz besonders ernst, er schaut nach unten, sodass es Hannah nicht gelingt, den Blickkontakt herzustellen. Sie wirken wie Kinder, die heimlich etwas Verbotenes lesen, die Wangen gerötet, die Blicke gesenkt. Als Hannah noch klein war, ist sie oft zum Lesen in den Hühnerstall gegangen. Einmal erwischte ihre Mutter sie dabei, wie sie Bilderbücher durchblätterte, statt Körner auszustreuen. Hannah hatte die Augen zugekniffen, als würde das ihren Ungehorsam aufheben. In Anwesenheit ihrer Mutter wurde das Buch pornografisch. Es handelte von einem Krokodil. Krokodile liegen oft lange auf der Lauer, bevor sie angreifen. Das Krokodil machte sich also bereit. Es war recht unschuldig, soweit das für Dschungeltiere in einem Kinderbuch möglich war. »Das ist schlecht für deine Augen.« Die Mutter hatte ihr das Buch weggenommen. Die Seiten waren unter ihrem Griff zerknittert.

Mit Mitte dreißig ist ihr das egal. Hannah verlässt ihr Büro und geht nach nebenan zu den Textern. Jetzt benehmen sie sich, sitzen brav vor ihren Computern. Sie blicken nicht zu ihr auf. Doch sie spüren ihre Anwesenheit. Hadriens Wangen sind gerötet, seine Muskeln angespannt. Sie beraten sich stumm. Jonas zieht einen zerknitterten Artikel unter einem Papierstapel hervor und streckt ihn Hannah entgegen. Er stammt aus einer überregionalen Zeitung von Seite sechs und ist so lang wie fünf Biografien. Darüber prangt ein Foto von einer Hühnerpyramide. Hannah weiß, dass sie ihn lieber nicht lesen sollte, doch ihre Augen saugen die Worte auf. Die Rede ist von »falscher Authentizität«, von einer »neuen Generation pseudo-cooler Batteriehühner«, einer »Marke, die zum Trend geworden ist, weil sie die wachsenden Ansprüche der gehobenen Mittelschicht erfüllt, indem sie sich einer neuen kulturellen Norm unterwirft, die als unkonventionell oder randständig empfunden wird. So wird ein falsches Gefühl von Exklusivität erzeugt, eine gefühlte persönliche Verbindung zu dem, was gegessen wird, die aber den Konsumenten eher an den Supermarkt bindet als ans Huhn, das mehr denn je Opfer des Systems ist.«

Ohne einen Kommentar kehrt Hannah in ihr Büro zurück.

Die Worte aus dem Artikel dringen zu ihr durch. Sie denkt: Meinen Hühnern mangelt es tatsächlich an Authentizität; sie sind nur pseudo-coole Batteriehühner. Die städtischen Hühner haben kein Bewusstsein, die Taufe zum Menschenskind und die Geschichte ihrer Vorfahren sind ihnen fremd. Sie nimmt die Sätze auf, wie die Weissagungen aus dem Horoskop, wenn es heißt, dass dem Stier ein schlechter Tag bevorsteht.

Sie erhebt sich, schnappt ihre Tasche, die Zeitung sowie den piepsenden Panache, und stürmt durch den Flur in die Hühnerhalle. Dort herrscht wie üblich trübsinnige Stimmung.

»Schaut mal, was die über euch schreiben, meine Lieben. Zeigen wir ihnen, dass sie Unrecht haben!«

Sie setzt sich ins Gras und liest den Artikel laut vor, wobei sie keine Kritik auslässt, auch wenn sie ihr sauer aufstößt. Die Hühner entfernen sich. Die zu laute Stimme macht ihnen Angst. Die Armen, denkt sie, bestimmt glauben sie, ich würde sie ausschimpfen. Nur Panache bleibt bei ihr, wahrscheinlich hat er sich schon an menschliche Gefühlsregungen gewöhnt. Wenn sie die Hühner schon nicht selbst tötet, will sie sie zumindest unterrichten. Bald werden sie alles begreifen. Sie könnten eine gemeinsame sprachliche Ebene finden. Die Spielgeräte sind nur eine Illusion, ein konsumistisches Ablenkungsmanöver. Sie sind nicht das Wesentliche. Man muss den Hühnern Worte geben. Sie zieht einen Gedichtband aus der Tasche, und während der gesamten drei Stunden dauernden Lesung hebt sie den Blick nur, um zu überprüfen, wie die Hühner die Sätze aufnehmen, die Erwähnungen von Kühen, die auf spärlich blühenden Wiesen weiden, des Herbstes Gift. Natürlich bleiben sie gelassen, gehen weiter ihren Hühnergeschäften nach. Panache hört aufmerksamer zu als alle anderen, mit aufgerichteten Ohrscheiben lauscht er den Gedichten, den Versen voller Figuren und Namen, und die Namen, denkt sie, kennt er ja, sie sind seine ureigene Verbindung zum gesprochenen Wort, das ihm jeden Tag begegnet, wenn sie ihm die Biografien jener vorliest, die zur Schlachtbank wandern.

XVII

Als Hannah nach Hause kommt, ist ihr Mund trocken. Es kommt ihr gelegen, dass Louis nicht da ist und sie nicht mit ihm reden muss. Heute Abend braucht sie Zeit zum Nachdenken.

Sie legt die Schlüssel auf den Tisch, schaltet jedoch das Licht nicht an, sondern legt sich im Dunkeln aufs Bett. Ihr rechter Arm stößt gegen Federn: Aval. Er hat sich neben sie gelegt. Hannah rollt sich um das pummelige Huhn, streichelt es mit den Fingerspitzen. Doch Aval rührt sich nicht. Hannah steigt ein dumpfer Geruch in die Nase. Der säuerlich-weiche Geruch nach totem Huhn.

Aval liegt auf der Seite, den Körper unter der Decke begraben.

Er atmet nicht mehr.

Als könnten zärtliche Gesten den Tod rückgängig machen, lächelt sie ihm zu, ruft leise seinen Namen, streicht ihm über den Schopf.

Einige lange Minuten weigert sie sich zu begreifen. Er kann nicht tot sein, weil sie ihn nicht getötet hat. Rund um seinen Kopf hat sich ein roter Fleck ausgebreitet. Hannah durchstreift die Wohnung auf der Suche nach einem Hinweis. In der Küche wird sie fündig. Ein Topf ist ihm auf den Kopf gefallen und hat ihm den Schädel gespalten. Ein dummer Haushaltsunfall, und alles bricht zusammen.

Die gespannte, im Tod steif gewordene Haut wird feucht, als Hannahs Tränen sich über das geliebte Huhn ergießen. Sie lässt sich aufs Bett fallen und schluchzt, als hätte sie mit Aval alles verloren: den ursprünglichen Hof, die Mutter, die Menschenskinder. Für seinen Kadaver gibt es keinen Absatzmarkt. Einen Hühnerkadaver kann man nicht einfach das Klo runterspülen. Sie sollte Louis über diesen Tod informieren. Ihm verkünden: Dein Sohn ist tot, komm her und trauere mit mir. Würde Louis genauso weinen? Sie sieht ihn vor sich, wie er leise mit ihm spricht, ihm in der Wohnung Bälle zuwirft, sieht ihn das Gefieder streicheln und hört fröhliche Worte, die nach Abenteuer und Vaterliebe klingen. Sie kann ihm nicht sagen, dass dieses Band zerrissen wurde. Dazu fehlt ihr die Kraft.

Sie schreibt Fernand: »Aval ist tot. Wir müssen ihn begraben.«

Sie hätte gern, dass er sie mit dem Auto zum Hof fährt. Schon in ein paar Stunden könnten sie dort sein. Vielleicht würden sie zu Avals Ehren die ganze Fahrt über schweigen: Zwei Stunden Stille. Fernand würde vor dem Haus halten, und Hannah hielte die Schlüssel in der Hand, die aber nutzlos geworden wären: Sie würde das Schloss aufgebrochen vorfinden. Die Laken, mit denen sie die Möbel abgedeckt hatte, lägen nun auf dem

Boden. Das Haus wäre leer, splitterfasernackt, man hätte ihm sein Erbe herausgerupft, alles, was sich seit Generationen darin befand.

Der Hühnergeruch wäre verflogen.

Fernand antwortet: »Wir treffen uns im Büro.«

Hannah trägt Aval mit ausgestreckten Armen vor sich her, wie ein totes Kind. Fernand hat seinen schwarzen Anzug angezogen. Er hat ein den Umständen angemessenes Lächeln aufgesetzt. Er weiß um die Bedeutung dieses Huhns für Hannahs Gleichgewicht. Er sagt: »Aval hatte ein schönes Leben bei euch. Kaum ein anderes Huhn war so glücklich wie er.« Panache begleitet sie, ernst und würdevoll.

Die Prozession durchquert still das Firmengebäude, bis sie die Hühnerhalle erreicht. Fernand zieht die Tür auf und sie treten ein. Ihre Anwesenheit lässt den Himmel aufleuchten. Die Hühner sind überrascht von der abrupten Rückkehr des Lichts, energiegeladen laufen sie gackernd in alle Richtungen, als wäre es Morgen.

Mitten auf der Wiese kniet Fernand sich hin und seine Hände formen eine Grube, die schon bald den falschen Rasen teilt. Ein paar Hühner haben sich um sie versammelt. Panache ist Teil dieser Gruppe.

Man müsste Aval die letzte Ehre erweisen, einen Begräbnisritus erfinden, doch aus Hannahs Mund dringt nur ein Schluchzen. Wie bei der Mutter kommt kein Wort heraus. Fernand gräbt bis zum Beton. Das Loch ist ein perfektes Oval. Hannah legt Avals Leiche hinein, in der Vertikalen, ewig aufrecht. Seine Biografie wird leer bleiben. Panache kommt angelaufen und pickt an den sterblichen Überresten, sie stößt ihn weg. Sie hätte gern, dass er begreift, dass es sein Bruder ist, an dem er solchen Frevel begeht. Sie nimmt ihn in die Arme und drückt ihn an sich, flüstert ihm zu: »Wir sollten gemeinsam weinen.«

XVIII

Louis schickt Hannah eine Nachricht: »Zeig das Aval und sag mir, ob er das lustig findet.« Ein Bild ist angefügt: Es zeigt ein Schild in Form eines riesigen Huhns, das mit den Augen blinzelt. Aval hätte dieses Foto nicht gefallen.

In den darauffolgenden Tagen schließt sie sich mit Panache in der Wohnung ein. Ihn in der Nähe zu wissen hilft ihr, sich nicht vollkommen einsam zu fühlen. Sein leicht pfeifender Atem wird für sie unverzichtbar. Sie würde ihn gern lieben, wie sie Aval geliebt hat. Die Geräusche der nun toten Hühner lassen Hannah nicht los. Nachts wird sie von Geschrei geweckt, und Hannah weiß, dass es die Getöteten vom Hof sind, die nach ihr rufen. Auch die Mutter hatte dieses Problem. »Seid still«, hatte sie manchmal in die Stille hineingerufen. Nun ist Hannah ihre Komplizin. Die tierischen Ohrgeräusche verfolgen sie bis in ihre Träume.

XIX

Als Louis von seiner Reise zurückkehrt, hält er Hannah eine Schneekugel hin, in der ein exotischer Palast eingeschlossen ist, ein buntes, von wirbelnden Flocken umhülltes Miniaturmonument. Er hat sie am Flughafen gekauft.

Sie sagt: »Ich wusste gar nicht, dass es da Schnee gibt.«

»Gibt es nicht, aber solche Dinger werden dort serienmäßig hergestellt.«

Als Hannah sie auf den Kopf dreht, meint sie, in dem sich neigenden Gebäude ihren Hof zu erkennen. Sie schüttelt die Kugel kräftiger, und der Palast bebt ein wenig: Sie stellt sich vor, wie sich die Bewohner an den Salzteigwänden festhalten, um nicht herauszufallen. Auch sie zittert bei dem Gedanken an ihre Wohnung, in der Aval durch Panache ersetzt wurde, an den Tod, den sie nicht benennen kann. Ihre Handgelenke schlenkern wild. Sie lässt einen Schneesturm niedergehen.

Louis stellt sein Gepäck neben das Hundekörbchen, in dem Panache eingeschlafen ist. Louis betrachtet ihn. Unerfahrene Augen könnten ihn für Aval halten. Sie haben dieselbe pechschwarze Färbung, denselben lebhaften, geraden, närrischen Blick. Aber das war es auch schon mit den Gemeinsamkeiten. Avals Gefieder war zerzaust, stand wüst zu Berge, und er hatte lange Beine, während Panache, neben seinem schlimmen Fuß, den man in dieser Körperhaltung nicht sieht, artig frisiert aussieht, die Federn wie mit Pomade glattgestrichen. Hannah hofft, dass Louis zu müde ist, um Aval von einem anderen zu unterscheiden, damit er nicht sofort mit diesem Verlust konfrontiert wird.

Louis nähert sich dem Tier.

»Er hat mir auch gefehlt.«

Er beugt sich über Panache im Körbchen wie über ein Kinderbett, seine Züge entspannen sich: Er lächelt. Panache rührt sich nicht. Hannah verspürt das Bedürfnis dazwischengehen, um die Illusion zu erhalten. »Du kannst ihn später streicheln«, sagt sie zu Louis.

»Sei nicht albern«, glaubt sie daraufhin zu hören. Sie will nicht, dass er noch näher kommt und von Avals Tod erfährt, außerdem steigt eine Wut in ihr auf, ein Groll, dass Louis dieses Huhn, das wie ein Sohn für ihn war, nicht auf den ersten Blick von einem anderen unterscheiden kann.

Louis streicht dem Tier über den Rücken. Sein Lächeln lässt nicht nach. Damit sich Panache also nicht gleich mit dem ersten Schritt verrät, interveniert Hannah: »Ich habe gesagt, du sollst ihn nicht anfassen.«

Sie schließt sich mit ihm im Schlafzimmer ein und schiebt den Riegel vor.

Louis seufzt. Er hätte Hannah gern wohlbehalten vorgefunden. Hinter der Tür hört er Aval gackern. Auch er hat sich verändert. Einen Augenblick lang fragt er sich, was Hannah ihm angetan hat, ob sie fähig wäre, ihn zu misshandeln.

Lazare

Lazare hat sich schon immer nach dem Tod gesehnt.

Er war ein zielstrebiges Huhn. Von Anfang an steckte ihm der Kummer im Hals. Es ist nicht leicht für ein Huhn, die richtige Methode zu finden, um aus dem Leben zu scheiden. Die Flügel nicht stark genug zum Fliegen, nicht genug Kraft, um mit Wucht gegen eine Wand zu rennen, keine Zähne, um sich selbst aufzufressen. Doch Lazare war ein Stratege. Er wusste, dass Hühner noch vor wenigen Jahrzehnten auf nur zwei Zehen liefen und deren Anzahl sich dank der Entwicklung ihrer Fähigkeiten am Boden verdoppelt hatte. Wenn er sich nur genügend anstrengte, würde ihm vielleicht ein fünfter wachsen, was es ihm ermöglichen würde, schneller zu rennen und an einem der furchteinflößenden Dekorationselemente zu zerschellen, mit denen der Mensch ihn umgeben hatte, diese lebensgroßen Abbilder, die ein bestimmtes Traumbild des Glücks erzeugen sollen und gerade deshalb so abscheulich sind. Außerdem war ihm schon seit Langem bekannt, dass Hühner durchaus Zähne hatten. Einer war ihnen geblieben, ein einziger. Mit ihm durchbrechen sie die Schale, um das Licht der Welt zu erblicken. Sich schon im Ei zu töten hatte Lazare versucht, doch vergeblich. Sobald er geboren war, beschloss er also, sich der Evolution seiner Spezies zu widersetzen und ging sein Problem dreigleisig an: Jeden Tag trainierte er seine Flügel, um irgendwann von der Sitzstange in den Tod zu flattern, übte sich im Sprint in der Hoffnung auf einen tödlichen Zusammenprall mit einer Wand oder einer Scheibe (das hatte er noch nicht entschieden), und arbeitete schließlich auch an einem Gebiss, um sich eines Tages damit das Herz aus der Brust zu reißen.

Somit war Lazares Leben eine einzige Vorbereitung auf den Tod.

XX

Hadrien klopft an die Tür. Hannah hebt den Blick. Seine Besuche sind in den letzten Wochen seltener geworden. Seine Biografien werden zunehmend finster: Hadrien schreibt in der Ichform und berichtet von suizidgefährdeten Hühnern, das ist kein gutes Zeichen. Er ist einer von denen, die nur schreiben können, wenn sie Anteil nehmen, und jeden Tag aufs Neue mit Dutzenden Hühnern mitzufühlen, denen allesamt der Tod bevorsteht, ist nicht gesund. Hadrien nickt Panache zu, der wie üblich auf dem Schreibtisch thront.

»Ich wollte mich mal ein bisschen mit dir unterhalten. Fragen, ob du mit meiner Arbeit zufrieden bist.«

Hannah verfügt über eine Tabelle, in der die Verspätungen, die Produktivität und das Engagement des Teams festgehalten werden; sie kann sie nicht lesen.

»Ja, bin ich. Natürlich. Die Hühner ebenfalls.«

»Wir arbeiten alle gern hier, weißt du.«

»Ich auch.«

»Das mit den Biografien war eine gute Idee, wirklich.« Hadrien hält inne, setzt sich Hannah gegenüber und verharrt einen Moment lang völlig reglos. »Aber was die

Hühner angeht, frage ich mich … Ich frage mich, was sie wirklich fühlen, weißt du. Was in ihren Köpfen vorgeht. Ich meine, diese ganzen Epitaphe sind ja aus unserer Sichtweise geschrieben. Vielleicht unterscheiden sich ihre Empfindungen ganz grundlegend von unseren.«

»Wie kommst du denn darauf?«

»Ich habe mich in das Thema eingelesen. Und wenn ich sie beobachte, fällt mir auf, dass Dinge in ihnen vorgehen, die sich mir entziehen. Du weißt schon, Interaktionen, Querelen, deren Motiv ich nicht begreifen kann.«

»Inwiefern willst du das denn begreifen?«

»Es fällt mir schwer, ihre Erlebnisse zu deuten, ohne diese Dinge zu verstehen. Und außerdem, ach, ich weiß auch nicht – irgendetwas läuft hier schief.«

Hadriens Blick ist auf seine Knie gerichtet. Hannah weiß, dass die Hühner hier nicht so glücklich und zufrieden sind, wie sie es sich erhofft hatte, und dass die Supermärkte klägliche Grabstätten abgeben. Sie fühlt sich erschöpft. Mit einem Mal fürchtet sie sich schrecklich vor dem, was Hadrien ihr sagen könnte, vor der Vorstellung, er könnte ihr Versagen vorwerfen.

»Ich glaube, du irrst dich. Man kann Hühner genauso gut oder schlecht verstehen wie Menschen. Ich zum Beispiel verstehe dich ja auch nicht. Wenn ich deine Biografie schreiben würde, wäre sie subjektiv. Meinst du nicht?«

XXI

In dieser Nacht träumt Hannah von ihrer Mutter, ein Huhn schreit, die Schreie verwandeln sich in ein Wort, das sie nicht versteht, und das Huhn wiederholt das Wort, wieder und wieder, seine Stimme wird zur Stimme der Mutter, bis ein Untertitel erscheint. Sie schreckt aus dem Schlaf. Louis liegt nicht neben ihr im Bett. Sie schlafen immer eng umschlungen ein. Ihre Körper halten sich aneinander fest. Sie spielen Verknäueln.

Die Küche ist hell erleuchtet. Lichtstrahlen fallen durch die angelehnte Tür. In der Wohnung ist es still, Hannah denkt, dass Louis entweder nachts joggen gegangen oder abgehauen ist. Ein Mann kann noch schneller entwischen als ein Huhn.

Der Küchenboden knarzt. Die Kühlschranktür geht auf. Das verursacht ein winziges Geräusch, dass Hannah jedoch sofort erkennt. Hände durchwühlen den Kühlschrank, finden nicht, was sie suchen, schieben Butter und Joghurt zur Seite. Sie greifen nach irgendeinem trockenen Lebensmittel, das Hannah von hier aus nicht identifizieren kann. Es stört sie, dass Louis ohne sie Nahrung zu sich nimmt.

Nun greifen die Hände ein Küchenutensil, ein Messer, nehmen es aus der Schublade. Hannah vergräbt den Kopf in den Laken. Vielleicht macht Louis das jede Nacht. Oder er bereitet seine Rache vor, weil sie ihm Avals Tod verschwiegen hat. Er könnte Panache zerhacken, bis nur noch Fetzen von ihm übrig sind. Das Messer beginnt zu schneiden. Die Geräusche, die zu ihr dringen, klingen wie eine Guillotine. Ein Mund verschlingt Stücke von etwas, kaut. Hannah weiß, wie Louis kaut, kennt sein kräftiges Zahnfleisch und die fehlenden Backenzähne.

Das Licht geht aus. Schritte nähern sich dem Bett. Leise legt Louis sich neben sie: Ein obszöner Wurstgeruch geht von ihm aus. Sie will ihm trotzdem nahe sein, ohne zu wissen, warum. Sie umarmt ihn.

Louis legt seine Hand auf Hannahs Geschlecht, streichelt es, seine Finger sind eiskalt, er war doch gar nicht draußen, warum ist seine Körpertemperatur derart abgesunken?

Das Fleisch, das sich an sie drückt, hat etwas Abstoßendes.

Louis' Geschlecht dringt in sie ein. Sie schreit, ihre Muskeln ziehen sich zusammen, sie spürt das Blut in ihrem Innern strömen. Ihr Kopf liegt auf der Matratze. Auf dem Kissen sammelt sich ihr wirres Haar und fließt von dort bis aufs Laken. Louis umschließt es mit der Faust und zieht ein wenig daran. Hannah versucht, ihre Beine um Louis' Hüfte zu schlingen, doch er bewegt sich zu schnell, sein gewölbtes Becken senkt sich schwer. Ihre Beine bleiben ausgestreckt. Er kommt.

Der Tagesanbruch in der Wohnung ist trüb: Die Energiesparlampen geben nicht viel Licht. Louis sitzt über den Schreibtisch gebeugt und korrigiert Pläne, bearbeitet das Papier mit kräftigen Strichen. Er versieht ein Territorium mit einer Legende. Panache sitzt eingerollt auf seinem Schoß, in derselben Haltung wie Aval einige Wochen zuvor. Louis scheint noch immer nichts zu ahnen. Per Hand skizziert er das Gerüst eines großen Ladens, im Querschnitt erscheinen Regalreihen und Einkaufswagenstellplätze. Auf der Fassade prangt das Wort »Supermarkt«. Stolz hält Louis Hannah seine Zeichnungen hin: »Schau mal, es soll noch mehr Regale für deine Hähnchen geben.« Wenn alles glatt läuft, wird aus dieser Zeichnung bald ein großes Gebäude, in dem die Menschen sich tummeln, um ihre Grundbedürfnisse zu befriedigen. Hannah kommt der Gedanke, dass Louis am Ende seines Lebens eine ganze, über die gesamte Welt verstreute Stadt gebaut haben wird: ein Hotel, Wohnhäuser, eine Bar, eine Schule, ein Hühnerhaus, und jetzt einen Supermarkt. Sie hingegen wird nur Tausende vollgeschriebene Zettel voller Streichungen zustande bringen, und keiner davon ist für Aval, keiner ist für die Mutter.

Hannah schließt sich im Badezimmer ein. Sie beginnt, ganz leise zu fiepen, lange Hühnersätze. Das Fiepen wird zu einem grellen Flehen. Die Badezimmerwände antworten ihr. Das ist ihre Mutter, sie ist zurückkehrt. Sie fiept lauter. Ihre Stimme überschlägt sich.

XXII

Die Hühner erhalten das Biolabel. Die Inspektoren sind ein wenig irritiert von dem ganzen Plastik, doch die Kriterien sind erfüllt, die Laborproben enthalten keinerlei Zugaben chemischen Ursprungs. Keine genetisch veränderten Organismen vermindern die Fleischqualität. Auch der Boden, auf dem die Tiere gehalten werden, wurde genauestens untersucht und ist frei von Pestiziden. Die ausführliche schriftliche Darlegung sämtlicher Produktions- und Vertriebsprozesse ist vorschriftsgemäß erfolgt. Ein Logo mehr, das auf der Verpackung untergebracht werden muss, also weniger Platz für die Biografien.

Das Unternehmen gewinnt an Prestige, sodass die Kritiker, die Hannahs Authentizität in Zweifel gezogen haben, nun hoffentlich den Schnabel halten. Fernand schickt ein Dankeswort ans Team: »Was sich jetzt für uns ändert.« Er sagt: »Das muss gefeiert werden.« Der Konferenzraum wird mit Papiergirlanden umgestaltet, die klar und deutlich von »Feststimmung« zeugen. Es gibt Champagner und Häppchen mit Hähnchenfleisch. Hannah bleibt in der Nähe der Wand. Natürlich ist kein einziges Tier anwesend. Wahrscheinlich tanzen sie für sich, strecken auf dem Kunstrasen ihre Zehen und ihre angespannten Muskeln, schlagen zu einem imaginären Rhythmus mit den Flügeln und sagen sich: »Wir sind bio, endlich bio.«

Fernand wirft ihr einen kurzen Blick zu. Ihr kommt es so vor, als hätte sich an seinem Lächeln etwas verändert. Hat er sich die Zähne machen lassen?

»Sind Panache und Louis nicht bei dir?«

Sie zuckt mit den Schultern. Sie hat sie nicht eingeladen.

»Das alles hier hat dich wirklich gar nicht verändert.«

Er lacht schallend, und für einen kurzen Augenblick erkennt Hannah das Lachen vom Markt wieder, denkt an die Fliegerjacke. Dieses Lachen scheint aus einem anderen Körper zu kommen: dem Körper von Monsieur Rabatet, dem Chef von Hannahs Hähnchen, einem Mann, der so rechteckig ist wie ein Fischstäbchen.

In einiger Entfernung unterhalten sich die Texter wild gestikulierend, sie stehen da wie festgewachsen und weigern sich, freudig auszusehen. Hadrien ist nicht da, Hannah beneidet ihn um seinen Mut, die Veranstaltung zu schwänzen. Sie nähert sich der Gruppe. Köpfe wenden sich ihr zu, man lächelt, ohne sich unterbrechen zu lassen. Die Texter sprechen leise miteinander. Yanns Blick ist auf Cléa geheftet: »Glaubst du etwa, du wärst dieselbe, wenn du nicht in der Hauptstadt aufgewachsen wärst?« Sein Tonfall ist aggressiv.

»Eigentlich schon. Ich wäre bestimmt schlechter angezogen, aber ansonsten …«

Gelächter bricht aus. Langgezogene Laute, die das Gespräch abschneiden. Anhaltendes Lachen klingt oft wie

Tiergeschrei, vor allem, wenn Alkohol im Spiel ist. Hannah unterbricht sie. »Wisst ihr, wo Hadrien steckt?«

Das Lachen reißt jäh ab. Yann durchbricht die Stille:

»Er ist gegangen. Kurz vor der Feier hat er Fernand seine Kündigung überreicht.«

Yann trägt sein kleines, zufriedenes Lächeln zur Schau, das er auch Fernand schenkt, wenn sie sich im Flur begegnen, aber niemals den Hühnern.

Cléa fügt hinzu: »Wir dachten, er hätte dir Bescheid gesagt.«

Hannah hört nicht mehr zu, sie macht sich von der Bedeutung der Worte los, um sich von den unharmonischen Stimmen davontragen zu lassen. Hadrien hat sie verlassen. Es ist nicht Traurigkeit, die sie überkommt, sondern ein diffuseres Gefühl, wie eine Verspannung im Zwerchfell.

Die Texter setzen ihre Unterhaltung fort, ihr Lächeln wirkt wie ausgesägt, als trügen sie Schlitze mitten im Gesicht. Die Laute wiederholen sich. Ihre Worte verwandeln sich in Gegacker. Fernand will, dass alle auf die Hühner anstoßen. Hannah hebt ihr Glas nicht. Sie nimmt Jonas ins Visier, Jonas in Einzelteilen, die lange Narbe am Schädelansatz, die pfeilspitzen Ellenbogen, und sie bekommt Lust über ihn zu schreiben. Irgendwo zwischen Hand und Kopf flackert ein Impuls auf.

XXIII

Samstags arbeitet Hannah nicht. Wenn sie wollte, könnte sie; im Leben eines Huhns ist es nicht unbedeutend, wenn jemand sie auch am Wochenende streichelt und ihnen Hallo sagt, solche Dinge sind es, die wirklich zählen.

Am Morgen liegt Panache neben ihr im Bett. Es dauert ein paar Sekunden, bis sie begriffen hat, dass es nicht Louis ist. Seine Federn sind weich. Ein Huhn würde ihr reichen, um ausgeglichen zu sein. Vielleicht war das letztendlich die Erkenntnis der Mutter gewesen - dass Théodore als Einziger die Mühe wert war. Sie wollte nicht, dass er sie überlebt.

Der Boden ist kalt. Vorsichtig öffnet sie die Schlafzimmertür. Louis steht mitten im Raum. Das Modell seines Ladens, ganz in weiß, ist fertig. Er lächelt zärtlich und nimmt Hannahs Hand. »Ich würde mich freuen, wenn wir etwas zusammen unternehmen. Nur wir zwei. Möchtest du mit mir zum Supermarkt gehen?«

Er möchte ihr sein Werk in den Regalreihen zeigen, sie mit den Hähnchen versöhnen, damit sie begreift, dass sie sich nicht dafür schämen braucht, der Stadt eine nährende Mutter zu sein. Sie sprechen überhaupt nicht mehr über Hühner, von Panaches häuslichen Bedürfnissen einmal abgesehen. Louis nennt ihn weiterhin hartnäckig Aval. Die Kraft der Verdrängung ist nicht zu unterschätzen.

Ein Pärchenausflug zum Supermarkt ist entspannend, denn dort ist alles, was man braucht, nur eine Armlänge entfernt. Hannah ist einverstanden. Sie nehmen Panache nicht mit.

Louis greift einen Korb, es ist ein großer roter Einkaufskorb, der einem Lust macht, ihn zu befüllen. Seine Form ist besonders für Konserven und Tiefkühlwaren geeignet, und auch für ganze Tierkörper. Ein Wachmann in blauer Uniform, passend zur Beleuchtung, markiert die Schwelle. Er beobachtet, wie sie hineingehen und das Drehkreuz passieren, sein Blick ist Hannah unangenehm, er könnte ja ahnen, dass sie nicht gekommen sind, um zu konsumieren. Hannah drückt Louis die Hand, sie durchstreifen die Gänge wie Landschaften, gemächlich und schweigend, bestaunen die Farben, umgehen querstehende Einkaufswagen.

Sie tun so, als wüssten sie nicht, wohin; es ist schwierig, sich in vollkommen geraden Gängen zu verlaufen, es erfordert eine ganz besondere mentale Verfassung. Ihr Weg führt sie vorbei am Deodorant, Louis hebt den Blick. Hannah spürt, wie sehr es ihm hier gefällt. Seit seiner Jugend hat er eine Vorliebe für Supermärkte. In seiner Studentenzeit war das der einzige nicht soziale Ort, der ihm geblieben war. Ein wortloser Ort, an dem man die Welt betrachten kann, ohne sich zu unterhalten, an dem man der Masse an Waren ganz allein entgegentritt. Wenn man in die Stadt kommt, in bestimmte Viertel fährt, gelangt man auch zu einer neuen Kategorie von Supermärkten mit breiteren Gängen und hochwertigeren Produkten. Hier sind die Deodorants zum Großteil ökologisch. Louis streckt nicht die Hand nach ihnen aus, es reicht ihm, sie sanft mit dem Blick zu streifen.

Der vollkommen leere Korb rollt neben ihnen her. Louis geht vorneweg.

Sie erreichen das Kühlregal. Da sind ihre Hühner, nicht zu übersehen, ein beinahe völlig gerader Fleischturm; lebende Hühner bilden nie so gleichmäßige Reihen.

Dreißig Euro pro Stück, verschiedene Größen, das Unternehmen bepreist nicht pro Kilo. Die Plastikfolie spannt sich um ihre Körper. Die durchsichtige Verpackung lässt ihr Fleisch schön hell erscheinen, reingewaschen vom Blut. Rohes Huhn hat einen altrosa Teint. Wenn es verdirbt, verfärbt es sich grau. Sieht das Fleisch eher grau als rosa aus, ist es wahrscheinlich schon zu spät. Die längs aufgeklebten Etiketten reichen vom Flügel bis zum Bürzel. Alfou, Quentin, Bluet. Es macht Hannah ein wenig stolz, dass ihr Werk hier in den Regalen präsentiert wird.

Gut möglich, dass die Mutter niemals einen Supermarkt betreten hat.

Hannah lässt den Blick schweifen, er fällt auf andere Etiketten ihrer Firma, weiter unten, im Tiefkühlregal. Obwohl sie von ihrer Marke sind, handelt es sich nicht um ganze Hühner, sondern um zerlegte, entbeinte Tiere. Hähnchenflügel, Hähnchenbrust und Nuggets drängen sich da unten, weniger ordentlich aufgereiht, ebenfalls mit dem Logo von *Hannahs Hähnchen* versehen. Darunter prangen die Biografien ohne jede Scham.

Niemals hätte sie das gebilligt. Auf einer Packung Nuggets steht: »Cajun liebte es, sich in Gewürzen und

Haferflocken zu wälzen. Und das Beste? Jetzt wünscht er sich eine Salatbegleitung.«

Hannah wird schlecht. Sie schnappt sich die Nuggetpackung mit eingestanztem Öffnungsstreifen, reißt sie auf und riecht am Fleisch, um zu prüfen, ob sie den Geruch ihrer Hühner erkennt. Die Nuggets sind aus gemischtem Fleisch. Solche Biografien müssten sich überkreuzende Lobreden enthalten. Um die Mischung der Charaktere zu würdigen. Louis wird panisch. »Leg das zurück, man sieht uns sonst noch.« Fernand und sie haben über die Anzahl von Biografien pro Tag diskutiert, Übersetzungsprobleme, die durch die Internationalisierung entstehen, die Möglichkeit eines QR-Codes, der zu einem Video vom Huhn in seiner Umgebung führt, aber nicht über Nuggets. Das ergibt doch keinen Sinn, ihre schönen Hühner als Nuggets. Louis drückt ihren Arm, er will raus. Wusste er Bescheid? Hannah verpasst ihm einen kleinen Tritt, und er weicht zurück. Sie würde ihn gern im Einkaufswagen verstauen, damit er Ruhe gibt. Ihre Hand umklammert die Nuggets. Ihre Formen sind unregelmäßig. Hannah hegt eine Abneigung gegen geometrische Lebensmittel, gegen Ecken im Essen. Eines sieht aus wie ein Giraffenhals. Sie könnte sie mit einem Bissen verspeisen.

»Colombo ist wunderbar unkompliziert. Eine Marinade mit etwas Salz, Pfeffer und Kreuzkümmel erfreuen ihn besonders, und die Kinder ebenso.«

Hannah denkt: Wenigstens ist die Asche meiner Mutter nicht in Plastik eingeschweißt.

XXIV

Zu Hause streichelt Hannah Panache. Sie übt leichten Druck entlang seines Rückens aus. Wie schnell bewegt sich ihre Hand? Vielleicht drei Zentimeter pro Sekunde, recht langsam. Was empfindet der Vogel in diesem Moment? Panache rührt sich nicht. Hannah stellt sich die zahllosen Nervenenden in seiner Haut vor, die elektrische Signale an Rückenmark und Gehirn senden. Das beruhigt sie nicht. Nichts passt zusammen. Sie kommt immer wieder zum selben Schluss: zu viele tote Hühner, zu wenig lebende Hühner. Wie steigert man die Anzahl toter Hühner?

Wenn sie an die Textabteilung denkt, versteift sich ihre Hand auf Panaches Rücken. Es muss Hadrien gewesen sein, der die Biografien für die gemischten Hähnchen geschrieben hat. Bestimmt wurde das in einem Vertragszusatz festgehalten. Wenn man die Biografien der Texter mischen würde, kämen Nuggets dabei heraus. Sie greift nach dem Stift, und die Wut bricht sich Bahn. Seine Biografie kann er sich auf die Stirn kleben.

Hadrien liebt Menschen wie Hühner, und Hühner wie Menschen. Die Liebe durchströmt ihn wie Blut. Bestimmt verdankt er diese Liebe seinen Wurzeln, doch wo diese liegen, ist unbekannt. Wenn man aber seine Wurzeln nicht kennt, wächst nur Verqueres, das gilt für die Liebe wie auch für alles andere.

Sie geht den Text noch einmal durch. Besonders gut ist er nicht, doch er wird seinen Zweck erfüllen. Sie klickt auf senden. Es ist eine an ihn gerichtete Drohung. Die Worte haben ihre Unschuld eingebüßt.

XXV

Hannah fährt zum größten Supermarkt der Stadt, so nennt man ihn gemeinhin mit einem gewissen Stolz. Ein dermaßen imposanter Einkaufstempel, mit all den teils von Tageslicht, teils von bunten Neonröhren hell erleuchteten Ladenpassagen ist in einer mittelgroßen Stadt keine Selbstverständlichkeit. Die Leute kommen sogar von der anderen Seite der Grenze, obwohl die Preise bei ihnen günstiger sind. Bald wird Louis' Supermarkt ihm Konkurrenz machen.

Sie durchquert die Gänge, bis sie die Fleischabteilung erreicht hat. Hinter einer blankpolierten Scheibe findet Hannah, wonach sie gesucht hat: fünf Reihen ordentlich aufgeschichteter Hähnchen, ein ganzer Berg. Sie zählt sie, den Finger gegen das Glas gedrückt, um nicht durcheinanderzukommen. Es sind fünfzig, eine schöne, runde Zahl, alle am Vortag abgepackt und noch sieben Tage haltbar.

Hannah öffnet die Glastür und nimmt ein Hähnchen heraus, es ist Jacques, sie erinnert sich an seine Biografie und ist versucht, sie noch einmal zu lesen, aber dies ist nicht der richtige Augenblick. Sie legt ihn auf dem weiß gefliesten, sehr sauberen Boden ab, holt ihr Handy heraus und schießt ein Foto. Es reicht, wenn man das Etikett sieht, das ist wichtiger als der Inhalt. Es ist verschwommen, der Name kaum zu erkennen. Ihr Handy fokussiert automatisch das teigige Fleisch. Sie ändert die Einstellung, die Schrift muss gut lesbar sein. Als sie mit Jacques fertig ist, wirft sie ihn in den Wagen. Es tut ihr ein bisschen leid, dass sie so grob ist, doch die Zeit drängt. Sie wiederholt dasselbe Spiel mit Hugues, Arthur, Éloïs und Edwige, ihre Handgriffe werden immer sicherer, ihre Bildausschnitte besser. Der Reihe nach wandern sie vor das Objektiv. Ein richtiges Shooting ist das. Sie geht akribisch vor, man muss gut organisiert sein, darf nicht zweimal dasselbe fotografieren. Nach einer Weile achtet sie gar nicht mehr auf die Namen. Dabei waren sie doch alle einmal Hühner mit Gefühlen und Persönlichkeit. Wenn sie erst einmal die Beweise gesichert hat, kann sie sich wieder ganz in Ruhe mit ihnen befassen.

Als sie gerade nach dem einundzwanzigsten Hähnchen greift und zufrieden feststellt, dass der Berg im Kühlregal schon erheblich abgeflacht ist, hört Hannah einen Einkaufswagen gefährlich nahekommen. Eine alte Dame schiebt ihn. Er ist bereits gut gefüllt, und Hannah fragt sich, wie die alte Dame mit ihren dürren Armen all das nach Hause tragen soll. Der Wagen bleibt vor dem Regal mit dem Hühnerfleisch stehen, ganz in Hannahs Nähe. Die alte Dame hat einen rötlichen Teint, wie das Fleisch unter der Haut. Sie nähert sich der Auslage, zunächst schüchtern, dann beginnt sie, Hannah mit ausladenden Gesten zu signalisieren, dass sie im Weg ist. Sie will zum Geflügel. »Entschuldigung«, sagt sie, und streckt die Hand in Richtung der geöffneten Tür aus. Hannah geht dazwischen, macht sich vor ihren Hühnern breit. Sie hält Metzel in der rechten Hand: »Lassen Sie das lieber, Madame, das ist nicht gut, weder für Sie noch für ihn.« Die alte Dame deutet eine Rückzugsbewegung an, dann neigt sich ihr Kopf in Richtung des Hähnchens, das Hannah umklammert hält. Ohne zu zögern, stürzt sie sich darauf, sie ist erstaunlich agil, ihr Körper schnellt nach vorn, die Finger graben sich in die Verpackung. Sie hat ihr Metzel aus der Hand gerissen, um ihn in den Einkaufswagen zu stopfen, ohne auch nur einen Blick auf die Biografie zu werfen.

Die Alte wirkt zufrieden, sucht bereits andere Regale nach der nächsten Mahlzeit ab. Hannah hat noch zu tun, es gilt, keine Zeit zu verlieren. Metzel ist verloren, sei's drum. Sie schnappt sich Constance, legt sie auf den Boden, bringt ihr Smartphone in Position, da nähert sich schon das nächste Paar Füße. Es gehört zu einem Verkäufer, den die Alte alarmiert hat. »Entschuldigen Sie bitte, diese Produkte gehören ins Kühlregal. Wenn Sie sie herausnehmen, sind sie nicht mehr zum Verzehr geeignet.«

»Das sind meine Hühner.«

Der Verkäufer weicht vorsichtig zurück, als wäre sie ein Raubtier kurz vorm Angriff – bloß nicht den Rücken zuwenden oder den Blick senken. Hannah zeigt auf das Etikett mit dem Logo und ihrem Vornamen in großen Buchstaben.

»Ich bin Hannah.«

Vorsorglich tritt der Verkäufer den Rückzug an. Hannah betrachtet das fast leere, offen stehende Kühlregal und die bereits fotografierten Hühner im Wagen: fünfzehn liegen noch im Regal, doch die Security ist bestimmt gleich da, und sie hat nicht vor, sich den Rest des Tages einsperren zu lassen. Sie geht an den Kosmetika vorbei, um im Labyrinth der Gänge eventuelle Verfolger abzuschütteln, um sie unschädlich zu machen.

Die Supermärkte in der Innenstadt leisten ihr weniger Widerstand. Sie hat gelernt zu lächeln, wenn Kunden kommen, und ihnen die Hähnchen hinzuhalten, wie es sich gehört. Wenn ein Verkäufer sie ertappt, kommt sie seinen Fragen zuvor und sagt schnell: »Das ist für meine Kinder«, woraufhin der Verkäufer stets einsichtig den Mund verzieht. Der Kunde ist König. Sie wiederholt diese Operation noch mehrfach, bis zum Abend. Im Neonlicht der Supermärkte kann man sich auf Dauer nur schwer konzentrieren.

Zu Hause angekommen macht sich Hannah daran, die Fotos mit ihrem alten Bürodrucker auszudrucken. Besonders gut funktioniert das nicht, der Tintenstrahl kleckert. Die Tür ist geschlossen, damit Louis nicht hereinkommt. Der Drucker spuckt ein Blatt nach dem anderen aus. Hannah umkreist ihn, als würde sie einen indischen Tanz aufführen, als wolle sie ihn anspornen, den Auftrag zu Ende zu bringen. Als die achthundert Etiketten in schlechter Auflösung ausgedruckt sind, atmet Hannah auf.

Sie kramt sie Reißzwecken hervor und pinnt Jacques an die Wand, sodass sie ihn gut im Blick hat, dann hängt sie auch die Biografien von Francine, Pois, Causette, Ping, Pong, Palavas und Perpignan über den Schreibtisch. Auf der Tür prangen die Leben von Pfeffer, Fiona, Pauline. Das Zimmer wird zum Mausoleum. Die Buchstaben sind zittrig, hier und da verkleckst.

Dubletten tauchen auf. Sie positioniert sie jeweils übereinander, die Zettel türmen sich auf: Sieben Exemplare von Judas' Leben.

Sieben Mal dasselbe Huhn, ist es immer dasselbe Huhn?

Auf den Rigipswänden ihres Arbeitszimmers zeichnet sich die mangelnde Authentizität der ganzen Unternehmung ab. Die Würdigungen der Menschenskinder werden in Serie produziert. Die Hühner sterben anonym. Ihre Persönlichkeit zählt nicht. Dann kann man ja auch mit ihnen anstellen, was man will. Sie einfangen, um sie lebend in einen Sack zu stecken, ihre Leben vervielfältigen, ihre Gräber plündern. Die Tränen beginnen zu laufen. Arme Hühner, denen man das Leben eines anderen auftätowiert hat. Sie haben keine Geschichte mehr. Sie sind nur noch vakuumverpackte Bestsellerleben.

XXVI

Es ist schon ziemlich spät, als Hannah sich ins Auto setzt. Vor der Abfahrt hat sie noch feierlich den Deckel der Urne geküsst, als würde sie vor einer langen Reise ihrer Mutter die Stirn küssen. Dann packte sie das Gewehr ein. Louis hat sie nicht geweckt. Er hätte kein Verständnis gehabt.

Die Stadt ist still, und sie denkt: Ich gehöre einfach nicht hierher, so weit weg von zu Hause. In der Nacht ist das Haus gestaltlos. Sie klingelt nicht, die Tür ist nicht abgeschlossen. Fernand fühlt sich sicher in seinem Zuhause. Hannah tritt ein, drückt auf den Lichtschalter, und die Zimmer scheinen auf. Sie setzt sich ins Wohnzimmer, wo sie auch bei ihrem ersten Besuch gesessen hat. Die klassische Musik fällt ihr wieder ein, sie hat ein paar Noten vom Weihnachtsabend im Ohr. Das Mobiliar ist unverändert.

Direkt über ihr knarzt eine Diele. Fernand scheint sie zu erwarten. Trotzdem, und das ist die Reaktion eines Huhns, bleibt sie sitzen, obwohl sie weiß, dass sie sich am falschen Ort befindet, dass Fernand ihr zum Verhängnis werden könnte.

Er erscheint im Türrahmen. Er trägt einen Anzug und Hannah ist beunruhigt von dieser viel zu formellen Aufmachung im nächtlichen Halbdunkel. Trotz der gegelten Haare, des Anzugs und der Schuhe sieht Hannah nicht Fernand, sondern ein im Schatten kauerndes Tier. Ein Wiesel. Er kommt auf sie zu, wirkt wie auf einen Schlag um zehn Jahre gealtert. Hannah denkt kurz darüber nach, dass sie sich in Anbetracht der Umstände genauso gut hätten umarmen können. Sie haben beide ihre alten Plätze vom Weihnachtsessen eingenommen. Lang ist's her, denkt Hannah. Damals verstand sie die Menschen und die Hühner, und alles hatte seine Ordnung. Ihre Mutter war schon tot. Das Entscheidende ist der Angriff, hatte diese ihr eingebläut, und sie will ihn knallhart in die Zange nehmen. Für sie ist es unerlässlich, dass er sich ihr erklärt. Trotzdem lässt sie erst einmal ihn reden.

»Du kannst nicht einfach mitten in der Nacht hier auflaufen. Die letzten Tage haben wir dich überall gesucht. Die Texter hatten Angst, nachdem du ihnen die Biografien geschickt hast.«

»Aber du fandest das witzig.«

»Deine Ideen sind immer witzig.« Auf einmal wirkt er müde. Als er weiterspricht, klingt seine Stimme anders. »Aber du bist es nicht.«

»Was wir machen, sollte nie witzig sein. In wie vielen Supermärkten verkaufen wir?«

Fernand gibt keine Antwort, er reißt die Augen auf. Er will die Illusion des Einvernehmens so lange wie möglich aufrechterhalten.

»Ich habe es gerade nicht im Kopf, das ändert sich ständig. Mir fehlt mittlerweile die Zeit, das genau zu verfolgen.«

Sie sagt: »In wie vielen Städten verkaufen wir?«

»Zehn, glaube ich.«

»Es waren zehn, als wir angefangen haben. Warum gebe ich immer noch dieselbe Anzahl Biografien frei?«

Hannah lässt die Stille zwischen ihnen Einzug halten und greift dann in ihre Tasche. Langsam streckt sie ihm Aigre entgegen. Fernand weicht zurück.

»Das sind Hähnchenbrustfilets namens Aigre.«

»Das machen wir mit Hähnchen, die im Ganzen nicht präsentabel sind. Darüber warst du informiert. Du hast ein Dokument unterzeichnet, das den Verkauf von Hühnerfleisch in jeglicher Form erlaubt. Das war Teil der Grundsatzvereinbarung. Wir hatten schon immer das Recht dazu. Wir haben nie darüber gesprochen, weil ich wusste, dass du das nicht verstehen würdest. Und es ist ja auch nur ein Detail. Sie sind tot, Hannah, egal ob ganz oder in Stücken.«

»Und die Biografien?«

»Was für Biografien? Das sind Rezepte im Ton der Marke. Wenn dir das nicht gefällt, kannst du gern mit deinem Team darüber sprechen. Das sind auch deine Texter, die daran arbeiten.«

»Und Louis wusste über all das Bescheid? Von Anfang an?«

Fernand senkt für einen kurzen Moment den Blick.

»Was ist denn los mit dir, Hannah?«

Zweifel macht sich in ihr breit, in ihrem Herzschlag spürt sie ihn am deutlichsten.

»Ich habe doppelte und dreifache Biografien gesehen. Man weiß nicht mal mehr, zu welchen Hühnern die Körper gehören.«

Sie lässt ein langes Schweigen entstehen, als müsste sie sich erst sammeln. Fernand ergreift das Wort. »Ich habe neue Verträge vorbereitet, damit du dich aus der Firma zurückziehen kannst, wenn du das möchtest. Ich dachte, dass wir es gemeinsam schaffen. Ich weiß nicht, warum du so darauf beharrst, dass die Geschichte stimmt. Das Wichtigste ist doch, dass es sie gibt, oder nicht?«

XXVII

Hannah ist ins Observatorium zurückgekehrt. Eigentlich wollte sie in die Lebenshalle, sie hatte sich überlegt, sich auf eines der Hühnerspielgeräte zu setzen, mit den Händen ein Sprachrohr zu formen und von ihren Entdeckungen zu berichten, doch ihr fehlte der Mut. Sie hätte vor ihnen zugeben müssen, dass sie sich geirrt hat. Ihnen versprechen, dass sie keine Ahnung davon hatte, dass ihre Namen und ihr Fleisch durcheinandergewürfelt worden waren.

Die Hühner schlafen noch. Manche bleiben für sich, hocken reglos auf den Stangen, andere haben sich, Gefieder an Gefieder, zu Knäueln zusammengedrängt, wie sie und Louis früher. Ein nachtwandelnder Junghahn durchmisst die Wiese, beobachtet seine auf den Stangen hockenden Artgenossen. Es wirkt, als würde er sie überwachen. Was hält ihn davon ab, sich dem Schlaf hinzugeben? Vielleicht weiß er, was die Hühner erwartet, wenn sie fällig sind.

Ausgeschlossen, dass sie hierbleiben und zu falsch benannten Nuggets verarbeitet werden.

In wenigen Stunden geht die Sonne auf.

Sie wünschte, die Hühner würden ihr einen Ausweg zuflüstern. Es gibt nicht einmal ein Fenster, aus dem man fliehen könnte, der einzige Weg führt durch die Tür, die von einem Wachmann versperrt wird. Sie ist nur halbe Eigentümerin. Sie kann sie nicht befreien, und da draußen würden sie keinen Tag lang überleben. Sie hat schon vor Augen, wie sie auf einer Hauptverkehrsstraße totgefahren oder von kleinen Stadtmenschen als Fußbälle missbraucht werden. Fernand wird nicht nachgeben. In ihrem Kopf ist keine Ordnung mehr, nur noch ein schwarzes Loch. Sie sieht nichts als die formlose Bewegung einiger unruhiger Tiere.

Auf dem Hof bringen Raubtiere nicht direkt alles in Gefahr.

Die Dämmerung ist noch nicht angebrochen, trotzdem schaltet sie den Himmel ein – die Sonne steigt bis zum Zenit. Sie drückt so kräftig auf den Knopf, dass er festklemmt. Sie will nicht, dass jemand die Einstellung rückgängig macht, dass die Nacht wieder über sie hereinbricht und ein neuer Zyklus beginnt.

Sie verlässt das Observatorium und betritt die Lebenshalle, wo es taghell und warm ist. Die Hühner werden munter. Zum letzten Mal glauben sie an den Morgen.

XXVIII

Jonas erscheint als Erster im Büro. Man hat ihm wortreich und in aller Genauigkeit geschildert, was vorgefallen ist und welcher Anblick ihn erwartet. Der Inspektor betonte das erschreckende Ausmaß des Ganzen, relativierte es aber direkt wieder: »Es sind immer noch Hühner. Mit richtigen Körpern wäre das ganz was anderes.« Jonas ist der Ansicht, dass auch Hühner richtige Körper haben, Köpfe und Schenkel. Er weiß, dass Hannah nicht irgendwelche Hühner getötet hat, sondern ihresgleichen.

Doch als er die Lebenshalle betritt (was für ein absurder Name, denkt er, mit so vielen Toten darin), in der er in den letzten Monaten jeden Tag Tiere beobachtet hat, kann er es nicht begreifen. Nun sehen die Hühner aus wie blutige Nuggets und die Wiese wie eine riesige Fleischplatte. Es treibt ihm die Tränen in die Augen. Er denkt: Hannah hat ihre Kleinen umgebracht.

Er wird gefragt, ob er das für möglich gehalten hätte, ob er es hat kommen sehen, und er weiß nicht, was er darauf antworten soll. Er denkt an die räuberischen Feinde, die imstande sind, einen ganzen Stall voller Hühner zu zerfleischen, von denen Hannah ihnen erzählt hat. Er denkt an die Schlachthalle im Stockwerk unter ihm, und sagt nichts.

Der Blutgeruch steigt einem massiv zu Kopf. Er hat noch nie eine Exekution miterlebt. Er kennt den Ablauf, doch das Blut der Tiere hat er noch nie gerochen, die beim Federnausrupfen verbrühte Haut. Jetzt atmet er den Tod ein.

XXIX

Louis liegt verkehrt herum auf dem Bett, die Füße auf dem Kopfkissen. Hannah kann den Titel des Buchs in seinen Händen nicht erkennen. Vielleicht hat er versucht, ihr davon zu erzählen, er ist schon ziemlich weit. Hannah gefällt die Vorstellung, dass die Sätze, auf die sein Blick fixiert ist, reine Fiktion sind, dass garantiert niemand sterben musste, um sie zu Papier zu bringen. Jedes Wort, das sie niederschreibt, ruft den Tod herbei. Niemals könnte sie einen Liebesbrief verfassen.

Sie ist darauf bedacht, ganz still zu sein, damit der Boden nicht knarzt. Er hat sie nicht hereinkommen hören. Es ist schön, ihn zu beobachten, ohne dass er sie sieht. Er lässt sich treiben, wirkt gelöst, freischwebend. Seine Sinnlichkeit gilt allein ihm selbst. Mit einer Handfläche streicht er über die Bettdecke, unter der sie jeden Abend gemeinsam einschlafen. Die Bewegung ist sachte, so wie Hannah damals auf dem Hof den Hühnern die Köpfe gestreichelt hat. Die Lektüre fesselt ihn. Panache schläft friedlich neben ihm in seinem Hundekörbchen zu einer dicken Kugel eingerollt. Nur ab und zu hebt die Atmung seinen Körper.

In dem Gewehr ist nur noch eine Patrone übrig und Hannah wünschte, Louis würde sie über diesen Gedanken hinwegtrösten. Sie wünschte, er würde brav sein, bei ihrem Anblick nicht schreien. Dann könnten sie gemeinsam ihre Biografien schreiben, die Biografien zweier Liebender, die dann in der Zeitung erscheinen würden. Sie wünschte, er würde verstehen, dass sie keine Wahl hatte. Bald wird die Zärtlichkeit verschwunden sein. Er wird fliehen wollen, wie die Hühner auf dem Hof.

Hannahs Knie knackt, dann auch ihr Nacken. Louis hebt den Blick. Er sieht sie. Sie ist rot, blutverschmiert. Panache schläft friedlich weiter. Sie sollte ihn ein letztes Mal streicheln, damit er ihr nicht böse ist.

Sie schießt.

Louis schreit, und aus seinem Schrei hört sie ein liebevolles Piepsen heraus.

Louis

Schwerfällig, müßig, verträumt, zart. Louis verbrachte sein ganzes Leben in derselben Stadt, seinem Revier. Dennoch wählte er eine nichteinheimische Frau. Er wünschte sich ein Kind, wollte nisten, sich fortpflanzen. So kam es nicht. Er spielte und rannte für sein Leben gern, entwarf und konstruierte die Nester der anderen, und in seinem eigenen schied er dahin.

Hannah

Schreiben, schlachten.

Dieses Buch erscheint im Rahmen des Förderprogramms des französischen Außenministeriums, vertreten durch die Kulturabteilung der französischen Botschaft in Berlin.

INSTITUT FRANÇAIS
Deutschland

Erste Auflage Berlin 2024

Großbeerenstraße 57A | 10965 Berlin
info@matthes-seitz-berlin.de

Layout und Satz: Monika Grucza-Nápoles, Cartagena
Druck und Bindung: GGP Media GmbH, Pößneck
Umschlaggestaltung: Pauline Altmann, Palingen
ISBN 978-3-7518-0987-0
www.matthes-seitz-berlin.de

Nicole Gronemeyer • Judith Schalansky (Hg.)

Hühner

Ein Portrait

144 Seiten, gebunden
Illustration von Falk Nordmann
ISBN 978-3-7518-4014-9

Das Leben des Menschen begleiten Hühner erst seit ungefähr 3500 Jahren. Zu Beginn wurden die nächsten heute lebenden Verwandten des Tyrannosaurus Rex verehrt und nicht verzehrt – in der Antike befragte man sie als Orakel, und die beliebten Hahnenkämpfe sollten den Heldenmut der Jugend zelebrieren. Erst mit den römischen Landgütern wurden Hühner und ihre Eier zu einer beliebten Speise, und aus der Begeisterung der englischen Königin Victoria über Hühner aus den asiatischen Kolonien folgte im 19. Jahrhundert das Hühnerfieber, das die vornehme Gesellschaft in Europa und Nordamerika erfasste. Das legte den Grundstein der Rassegeflügelzucht, die auch Charles Darwin bei der Entwicklung der Evolutionstheorie wertvolle Hinweise gab. Die industrielle Hühneraufzucht begann im 20. Jahrhundert in den USA, wo man das »chicken of tomorrow« erfand, aus der unfassbaren Vielfalt der Hühnerrassen wurde die heutige Einfalt der Hybridzüchtungen. Dabei sind Hühner alles andere als einfältig. Ein Huhn kann sich an hundert andere Hühner erinnern und kennt dreißig verschiedene Laute, um sich mit ihnen zu verständigen. Könnten wir sie verstehen, dann würden sie uns ihre Geschichte erzählen, die von Domestikation, Industrialisierung und Kapitalismus handelt.

Lola Randl

Der Große Garten

320 Seiten, gebunden
ISBN 978-3-95757-709-2

Eines Tages beschließt die Filmemacherin Lola Randl, dem Berliner Stadtleben den Rücken zu kehren und in einem Dorf im Herzen der Uckermark, dem am wenigsten bevölkerten Landstrich Westeuropas, die Ruhe zu finden. Dort beschäftigt sie sich mit Saatzeiten und Bodenqualitäten, Schädlingen und Unkraut, Beschnitt und Lagerungstechniken. Doch so richtig will die Hinwendung zur Natur und dem natürlichen Leben nicht gelingen: zum Ehemann gesellt sich der Liebhaber, und als das Verhältnis mit ihrem Analytiker zu eng wird, wird dieser von einer Therapeutin abgelöst. Während Randl die Stadt aufs Land bringt und versteht, dass man vor sich selbst nicht davonlaufen kann, beginnt der Garten ebenso bunt zu blühen wie das Dorfleben, bereichert um kochende Japanerinnen, Künstler, Utopisten und Glückssuchende aller Art.

»Der besondere Reiz besteht darin, wie Lola Randl auf witzige, überraschende Art und Weise Natur und menschliche Verfasstheit ins Verhältnis zueinander setzt.«

– *Süddeutsche Zeitung*

Jean-Baptiste Del Amo

Tierreich

440 Seiten, gebunden mit Schutzumschlag
Aus dem Französischen von Karin Uttendörfer
ISBN 978-3-95757-686-6

Während Europa von Kriegen und Umwälzungen erschüttert wird, kämpft eine Familie von Schweinezüchtern um ihr Fortbestehen - und nutzt die in immer größerem Maßstab stattfindende Ausbeutung des Rohstoffs Tier, um sich in unsere heutige, hochindustrialisierte Welt hinüberzuretten. Éléonore, Kind eines kranken Vaters und einer lieblosen Mutter, erbt Anfang des 20. Jahrhunderts von ihren Vorfahren Schweine und die Gewissheit, dass Gewalt gegen Mensch und Tier zum Leben dazugehört. Mit Disziplin und unbändiger Härte gegen sich selbst hält sie den landwirtschaftlichen Betrieb aufrecht und versteht es, ihn über die Jahrzehnte hinweg zu vergrößern und später ihrem Sohn Henri zu übergeben. Doch dieser baut mit ihren Enkeln den familiären Zuchtbetrieb zu einer gigantischen, die Ressource Tier grausam ausbeutenden Tierfabrik aus. Das anonymisierte Elend der Schweine spiegelt nicht nur den Wahnsinn dessen, was die Menschheit unter Fortschritt versteht, sondern wirft auch die Frage auf: Wer sind die eigentlichen Bestien?

»Ein literarisches Meisterwerk, das sich als ein verzweifelter Schrei nach mehr Miteinander, mehr Mitgefühl und vor allem nach mehr Mut, gegen den Strom anzuschwimmen, liest – ohne dies jemals explizit auszusprechen.«

– *Literaturkritik*

Joseph Ponthus

Am laufenden Band

Aufzeichnungen aus der Fabrik

239 Seiten, Hardcover mit Schutzumschlag
Aus dem Französischen von
Mira Lina Simon und Claudia Hamm
ISBN 978-3-7518-0043-3

Am laufenden Band ist die Geschichte eines jungen Mannes, der als Zeitarbeiter in Fischfabriken und Schlachthöfen in der Bretagne arbeitet. In einer einfachen und einfühlsamen Sprache erzählt Joseph Ponthus mit viel Humor von seinem Arbeitsalltag. Er berichtet von Monotonie und Schichtarbeit, von Kälte und Gestank, von körperlicher Erschöpfung und dem allgegenwärtigen Tod von Tieren, aber auch von der Solidarität der Arbeiterschaft und der »paradoxen Schönheit« der Hallen. Während er am Fließband steht und gegen Tonnen von Wellhornschnecken kämpft, erinnert er sich an die Musikerinnen und Schriftsteller, die ihn prägten. Dank Dumas wird er wieder Musketier, mit Apollinaire ist er Lous Liebhaber, mit Marx kämpft er gegen die Auswüchse des Kapitalismus.

»Der Rhythmus der Fabrik taktet nicht nur das Leben des schreibenden Leiharbeiters, sondern auch die Gestalt seines Buches: in freien Versen, fluide, ohne Punkt und Komma.«

– *Bayrischer Rundfunk*